섬나라 대만島/國

이 책은 중화민국 대만 문화부의 보조로 출판하였음.
中華民國文化部贊助出版
Sponsored by Ministry of Culture, Republic of China (Taiwan)

황금알 시인선 201

섬나라 대만島/國

초판발행일 | 2019년 7월 31일

지은이 | 천리(陳黎)
옮긴이 | 김상호(金尙浩)
펴낸곳 | 도서출판 황금알
펴낸이 | 金永馥
선정위원 | 김영승 · 마종기 · 유안진 · 이수익
주간 | 김영탁
편집실장 | 조경숙
표지디자인 | 칼라박스
주소 | 03088 서울시 종로구 이화장2길 29-3, 104호(동숭동)
전화 | 02)2275-9171
팩스 | 02)2275-9172
이메일 | tibet21@hanmail.net
홈페이지 | http://goldegg21.com
출판등록 | 2003년 03월 26일(제300-2003-230호)

ⓒ2019 천리(陳黎) & Gold Egg Publishing Company Printed in Korea
값은 뒤표지에 있습니다.

ISBN 979-11-89205-44-7-03820

Taiwanese Poet Chen Li Poetry
대만시인 천리陳黎 시집

섬나라 대만
島/國

천리陳黎 시
김상호金尚浩 옮김

황금알

지난 40여 년간 시를 읽고 쓰고 번역하면서 한국의 전통 시가인 '시조'를 알게 된 것은 나에게 큰 행운이었다. 시험 삼아 장문의 시조를 한 편 써서 중국어권 독자들에게 소개를 했고, 그때 내가 번역했던 황진이, 정철, 윤선도 등 좋아하는 시인들의 작품을 함께 소개했다. 그동안 나는 한국 현대 시인들의 작품을 읽고 가끔은 번역도 했다.

이번에 내 시집이 한국어로 번역되어 한국에서 출판된다는 것이 무한한 영광이다. 그리고 시, 아름다움, 사랑과 예술, 생명에 대한 사랑 같은 것에는 국경이 없다는 것을 다시 한 번 확신하게 되었다.

그동안 대만의 대학에서 오랜 기간 교편을 잡고 대만에 살면서 내 졸작을 종종 한국어로 번역해 주었고, 내가 기획해온 '태평양시축제'가 열릴 때마다 우수한 한국 시인들의 시 작품을 대만 독자에게 소개해 준 김상호 교수께

이 자리를 빌어서 감사드린다.

　그리고 중국과 대만의 시 축제에서 나와 여러 번 조우했고, 이번 시집이 한국에서 출판되기까지 진심어린 노력을 기울여준 시인이며 한일 간에서 이름난 번역가인 한성례 선생께도 고마운 마음을 전한다. 김상호 교수와 한성례 선생을 통해 한국의 문화 교육의 수준과 부러울 만큼 높은 교양과 성실, 미덕을 엿볼 수 있었다.

　이번 시집에서 내 시를 번역해주신 김상호 교수의 노고에 다시 한 번 고개 숙여 감사드린다.
　내 시가 한국어라는 문자로 옷을 갈아입고 동방의 인문과 아름다운 정서로 거듭나기를 바라는 마음이다.

2019년 여름
대만 화롄花蓮에서

차 례

타이베이 역

타이베이 역은 동서남북으로 큰 문 네 개가 꼿꼿이 서 있다

사방을 향해 열린 한 장의 시각표 메모리 카드가 시간 지도로 펼쳐져 있다

"저는 쥐꽝莒光* 호에서 내려 푸요우마普悠瑪* 호로 갈아 타고 북부로 향하는 베이난卑南족* 청년인데 존귀한 북부에 비계를 세워 날개를 치고 높이 날 수 있을까요?"

"저는 월남에서 온 신부인데 시아버지 가게에서 몰래 아르바이트를 하고 있어요. 사람들 말에 의하면 북쪽으로 갈수록 돈을 더 잘 벌 수 있다고 했어요."

"대만 꼬리의 한 길에서 대만 머리까지 흔들어 머리 길과 주인을 찾고 있어요. 히히하하 버전 〈엄마, 건강 조심하세요〉를 다운로드 받아 내게도 알려주세요."

(2013)

〈옮긴이 주〉
*쥐꽝(莒光) 호 : 대만 철도국 2급 열차.
*푸요우마(普悠瑪) 호 : 대만 철도국 특급열차.
*베이난(卑南)족 : 대만 동부에 거주하는 원주민으로 인구는 14,425명.

바다의 인상

보이지 않는 거대한 침대에 휘감겨서
그 바람난 여자는 하루 종일
떠돌이 남자와
밝은 청색에 줄무늬의 거대한 이불을
밀치고
들어왔다가
밀치고
나갔다

(1974)

정부情婦

나의 정부는 느슨해진 기타
케이스에 들어 있는 매끄러운 몸체
달빛조차 닿지 않는다

이따금 그녀를 꺼내
끌어안고 가만히
차가운 목 언저리를 어루만져본다
왼손으로 누르면서 오른손으로 소리를 낸다
여러 줄을 조이며 조율을 한다
그러면 그녀는 팽팽한
육현악기六弦樂器가 되어 일촉즉발의
긴장한 자태

연주를 시작하자
갑자기
줄이 뚝 끊어졌다

(1974)

눈 위의 발자국

추워서 잠을 자야만 한다
깊고 깊은 잠
부드러운
백조의 느낌이 필요하다
살짝 눈 위에 남겨진
조잡한 글 한 줄
게다가 하얀 잉크
마음이 얼어붙어
조잡하게 써넣은
하얀 눈

(1976)

마술사 아내의 애인

이 아침의 풍경을 어떻게 해석해야 할까

오렌지 주스는 과일나무에서 떨어져 작은 강을 따라 컵에 흘러들고 있다

샌드위치는 아름다운 두 마리의 수탉이 변한 것

달의 냄새가 몇 겹이지만 태양은 언제나 계란 껍질의 반대편에서 떠오른다

탁자와 의자는 근처 숲 속에서 막 잘라낸 것

나뭇잎이 지르는 비명소리가 들려온다

양탄자 아래에 호두가 숨겨져 있는 걸 누가 알까

그저 침대만은 탄탄하다

다만 그녀는 바하의 푸가를 아주 좋아하지

세상 사람들이 의심이 많아 변덕스러워진 마술사의 아내

당신은 밤새워 그녀와 도망칠 수밖에 없다

(나는 아마도 초죽음이 되어 뒤를 쫓아가겠지)

잠에서 깨어나면 그녀는 풍금을 치고 커피를 마시고 미용체조를 하고 있으리라

에구! 모자 속에 끓고 있는 것이 커피라는 걸 누가 알까

말 많고 시구를 가지고 노는 앵무새는 어쩌면 나일지
도 모른다

(1976)

동물 자장가

시간을 표범의 얼룩처럼 고정시키자
피곤한 물새가 물 위를 미끄러지며 흘리는 눈물은
가만히 떨어지는 화살과 같다
화원花園, 음악이 없는 화원, 회색 코끼리가
무거운 발걸음으로 네 곁에 와서
벌이 없는 벌집을 위해 망을 보라고 당부한다

별이 천천히 하늘에 떠오르고 입구를 지나는 기린보다
높이 떠올랐을 때 나는 밤에 옷이 없는 풀을 위해 이슬
을 털리라
젖을 먹이고 있는 엄마에게서 억지로 떼어놓은 아기는
한 마리 기린과 같다
활처럼 굽은 고양이가 긴장을 푸는데 사랑이나 색, 꿈
의 고도에 대해
두 번 다시 추상적으로 응하지 않도록
여기는 화원, 음악이 없는 화원이다.

우둔한 당나귀가 걸어가면서 하는 하품을 흉내 내지
마라

시간을 멈춰라, 죽은 척 숨죽이고 있는 곰처럼
그 속눈썹에 닿은 하얀 꽃처럼 나비처럼
외양간을 위해 처마 없는 제비를 위해 문패를 닦으리라
회색 코끼리가 무거운 발걸음으로 네 곁을 지나가다
부서진 기둥
슬픔이 없는 부서진 기둥을 고치라고 당부할 때

여기는 화원, 음악이 없는 화원 위를 맴도는 매여!
수색을 멈춰라, 사냥개여 천사의 이마처럼 뛰지 마라
그 넓이는 50곳 성城과 7백 개의 마차가 들어갈 만큼
넓다
엄마와 멀리 떨어졌던 아이들을 엄마 곁으로 되돌아오
게 하는 그 오랫동안
소멸된 신화나 종교가 다시 발견되어 신앙되는 것처럼
나는 과일나무를 위해, 열매가 다 떨어진 과일나무를
위해 찬미하고 기도하리라

시간을 표범의 얼룩처럼 고정시키자
하얀 꽃들이 그 속눈썹으로 나비를 툭툭 친다

깊이 잠든 사자는 그들의 분노에 놀라지 않는다
여기는 화원, 음악이 없는 화원, 회색 코끼리가
무거운 발걸음으로 네 곁에 와서
어서 빨리 진흙으로 발자국을 감추라고 당부한다

(1977)

계속된 지진에 놀란 도시

계속된 지진에 놀란 도시에서 나는 들었다
나쁜 마음을 가진 천 마리 자칼이 자신의 아이들에게
말했다
"엄마, 제가 잘못했어요!"
판사의 우는 소리를 들었고
목사의 참회하는 소리를 들었다
수갑이 신문지에서 튀어나오고 칠판이 똥구덩이에 떨
어졌다고 들었다
문인은 호미를 내려놓았고 농민은 안경을 벗었고
뚱뚱한 상인이 크림과 고약의 옷을 차례차례 벗었다고
들었다

계속된 지진에 놀란 도시에서
사창가의 호객꾼 노파가 무릎을 꿇고 음부를 딸들에게
돌려주는 것을 보았다

(1978)

우리의 가장 가난한 현縣
— 1월 28일 대보름날 도교 행사에서 본 것

2억 달러의 대만 화폐
4천 마리의 큰 수컷 돼지
46개의 아치형 장식
23개의 기도하는 제단
사흘간의 채식재계
닭, 오리, 생선을 잡을 칼이 바쳐졌다

5만여 명의 멀리서 온 인파들
11명의 현지 거지들

(1980)

먼 산

먼 산이 점점 더 멀어진다

예전에 어렸을 적의 어느 아침
매일처럼 생겨나는 새로운 이상과 함께
마음속 게양대에 아침 노래처럼 그것은 우뚝 솟아 있다
원래는 야구장의 스탠드, 가슴의 학교배지였다
원래는 꿈의 병풍, 눈물의 저금통이었다

먼 산은 너와 함께 성장하고 늙어가는 것을 보고 있다

오후의 바람과 안테나 사이
세상이 저물어가는 어스레한 빛과 혼탁함 속에서
집, 차, 밧줄, 칼, 여러 종류의
규칙, 혹은 불규칙으로 쌓아올린 것 반대쪽에서
먼 산은 먼 산을 향해 말하고 있다

예전엔 말하지 않았던 침묵을 너에게 알려주고 있다
네가 사랑을 하고 있을 때 먼 산은
하룻밤 사이에 더 가까워졌다

(1988)

봄밤에 「겨울 나그네」를 듣다
— 디트리히 피셔 디스카우Dietrich Fischer–Dieskau*에게

세상은 늙었다
심각한 사랑과 허무에 묻혀
당신의 노랫소리 속의 사자도 늙었다
그리워하며 어린 시절의 보리수나무에 기대어
잠들지 못하고 있다

지나간 세월이 엷은 얼음과 눈처럼
인간 세상의 슬픔과 고통을 조금씩
덮어갈 때는 잠드는 것이 좋을지도 모른다
고독한 혼이 여전히 황야에서 녹음을 찾고 있다면
잠 속에서 꽃이 넘쳐나는 것이 좋을지도 모른다

봄꽃이 겨울밤에 피어나고
호수 바닥에 뜨거운 눈물이 얼어붙고
세상은 우리에게 희망도 절망도 알려주고
남겨진 한 장의 얇은 종이가 우리들의 목숨
흰서리와 먼지, 탄식과 그림자로 가득 쓰여 있다

우리는 한 번에 찢어지는 종이에 꿈을 그리지만

그것이 짧고 얇다 해서 무게가 줄어들진 않는다
우리는 수도 없이 사라지는 꿈속에 나무를 심고
슬픔을 만날 때마다
그곳으로 돌아간다

봄날의 밤, 겨울 여행을 듣는다
당신의 허스키한 노랫소리는 꿈속의 꿈
겨울과 봄을 동반하는 여행

(1988)

〈저자 주〉

* 연초에 위성TV에서 독일의 위대한 바리톤 성악가 피셔 디스카우가
도쿄에서 부른 「겨울 나그네」를 들었다. 소년 시절부터 음반으로 그가
부른 독일 예술가곡을 수도 없이 들었고, 슈베르트의 가곡 「겨울 나그
네」도 듣고 또 들었다. 아무리 들어도 질리지 않았다. 이번에는 고요
한 깊은 밤에 잘 알고 있는 「보리수」와 「봄의 꿈」을 63세 노성악가의
세월의 더께가 쌓인 목소리로 듣자 나도 모르게 눈물이 흘러내렸다.
그 창연함으로 세월을 건너온 노랫소리에는 예술에 대한 사랑과 생명
이 가득 담겨 있었다.

2월

해질녘 새 무리 속에서 총소리가 사라졌다

실종된 아버지의 구두
실종된 아들의 구두

매일 아침 한 그릇의 죽에 돌아오는 발자국 소리
매일 저녁 세숫물에 돌아오는 발자국 소리

실종된 어머니의 검은 머리
실종된 딸의 검은 머리

이민족의 지배하에서 이민족에 반항하다가
조국의 품에서 조국에 의해 성폭행을 당했다

망초, 엉겅퀴 꽃, 광야, 외치는 소리

실종된 가을날의 달력
실종된 봄날의 달력

(1989)

<옮긴이 주>
* 1947년 2월 28일 대만에서 일어난 '228 사건'이 일어났고, 수많은 민
  중이 국민당 군대에 의해 생포돼 감옥에 가거나 처형당했다.

독재

그들은 문법을 제멋대로 바꾸는 법집행자

단수임에도 복수의 형식에 젖어 있다
목적어임에도 주어의 위치에 있다

젊었을 때는 미래형을 바라고
나이 먹으면 과거형에 빠진다

번역할 필요도 없이
변화를 거부한다

고정된 문장유형
고정된 문장유형
고정된 문장유형

유일한 타동사는 '진압한다'다

(1989)

파

엄마의 심부름으로 파를 사러 갔다
난징南京거리, 상하이上海거리를 지나
(지금 생각하면 참 이상한 이름들이다)
중정中正로를 지나 중화中華시장에 도착했다
나는 대만어로 야채를 파는 아줌마에게 말했다
"파 주세요!"
그녀는 진흙 냄새가 풍기는 파를 건네주었다
집에 돌아오자 소쿠리에 담긴 네덜란드 콩의 소리가
들려왔다
엄마에게 하카客家*말로 파 사 왔다고 알렸다

나는 모유를 먹듯이 아침에 미소시루*를 먹었다
'미소시루'를 당연한 듯 내 모국어라 여겼다
매일 밤 빵집에서 사다 먹었던 '빵'이
포르투갈어 발음이라는 것은 알지 못했다
계란말이*가 들어간 도시락을 가방에 넣고 가서
쉬는 시간마다 아무도 안 보게 꺼내 먹었다
선생님께 우리는 음악을 배우고 국어를 배웠다
대륙을 반격, 반격, 반격이라고 가르쳐 주었다

선생님은 산수도 가르쳐 주었다
"한 장의 국기에는 세 가지 색이 있다
세 장의 국기에는 몇 가지 색이 있지?"
반장은 아홉 가지 색이라고 말했고 부반장은 세 가지
색이라고 말했다
도시락 속의 파는 한 가지 색이라고 말했다
요컨대 파로서는
흙 속에 있든 시장에 있든 계란말이 속에 있든
자신은 파
그저 대만의 파일 뿐이다
나는 파 냄새가 나는 빈 도시락통을 들고 여기저기 여
행을 했다
시장의 온갖 떠들썩한 소리가 도시락통 속에서 열렬하
게 외쳐댔다
나는 브라마푸트라 강*을 건너고 바옌카라산맥*을 넘
었다.
(지금 생각하면 괴상망측한 이름이 아닌가)
파미르 고원*을 넘어
파 산맥에 이르렀다

내가 대만식 중국어로 "파 주세요!"라고 말했으나
거대한 파 산맥은 아무런 대답이 없다
파 산맥에는 파가 하나도 없었다.

문득 나는 어렸을 때가, 청춘이었을 때가 떠올랐다
엄마는 아직도 집 앞에서 나를 기다리고 있다

(1989)

〈옮긴이 주〉
* 하카(客家) : 한족(汉族)의 일파로 원래는 황하(黃河) 북부에 거주하였
  으나 광둥성(廣東省), 푸젠성(福建省), 광시장족(廣西壯族)자치구, 장
  시성(江西省) 등지의 산간지역으로 이주하여 고향을 떠나 생활하는
  사람들이 스스로에게 붙인 명칭.
* 미소시루(味噌汁) : 일본식 된장국의 일본어 명칭.
* 계란말이 : 여기서는 일본식 계란말이를 뜻함.
* 브라마푸트라 강(Brahmaputra R.) : 티베트 고원에서 발원하여 인도
  의 벵골 만으로 흐르는 강. 전체 길이 2,900㎞. 브라마푸트라는 힌두
  교에서 창조의 신(최고의 신)으로 '브라마의 아들'이라는 뜻이다
* 바옌카라산맥(巴顔喀拉山脈) : 중국 칭하이성에서 동서방향으로 뻗은

산맥. 쿤룬산맥의 지맥으로 평균 5,000~6,000m의 해발고도이며 황허강의 발원지이다.

* 파미르 고원(Pamir Plateau) : 아시아 대륙 중앙부에 있는 대고원. 평균 고도 5,000m로 히말라야 산맥과 힌두쿠시 산맥, 톈산 산맥 등 대산맥들을 품고 있는 '세계의 지붕'이다. 해발 7,719m의 쿤구르산과 7,495m의 스탈린봉이 우뚝 솟아 있고, 중앙에는 모래와 자갈로 된 준평원격인 분지가 있다. 중국에서는 이 고원을 '총령(葱嶺)'이라고 부르는데, 이 말은 『수경주(水經注)』「하수이(河水二)」에 '총령은 둔황 서쪽 팔천 리 거리에 있는 높은 산인데, 산상에서 파(葱 총)가 나므로 옛날에 총령이라고 하였다'라는 기록에서 유래한다. 지금도 설선(雪線) 이상의 암석 틈에서 야생 파가 자라고 있다.

타이루거 太魯閣 1989년

1
가랑비 내리는 꽃샘추위의 봄날 하루, 당신이 가진 침
묵의 깊이를 생각하고 있다

그 광대함이 가까이 다가오고
만 길 산 절벽이 한 알의 모래처럼 마음속에 가로놓여
있다
구름과 안개가 밀치락달치락 한다
습기 품은 공기 속에 풍성한 녹음이 빙글빙글 맴돌다
정지한다
그 부드러움은 한숨처럼
가볍게 떨어지는 낙엽 한 잎, 느긋하게 비상하는 새
가파르고 미끄러운 산봉우리나 절벽에서
꽃피는 나무처럼
그 깊음이 고뇌와 광희狂喜를 거두어준다
나무에 물방울을 달고 있는 울창한 우림
깊고 검푸른 별이 뜬 밤하늘처럼 장엄함
그 격렬함은 지난여름 토끼가 도망치고 새가 날고 있
는 형상 같다

소용돌이치며 쓸어가는 홍수를 빠져나와
햇살 쏟아지는 아침을 달린다
생명이 서로 부르는 소리를 들은 것 같다
어린 시절 자주 놀았던 깊은 물가에 있다가
놀라 잠이 깬 어젯밤 꿈에서
나는 시간이 뒤틀리고 응고된 역사의 격정을 본 것 같다
여러 층의 굴곡이 심한 바위 위에서
돌들이 층층이 쌓인 계곡에서
그 새겨진 무늬는 구름 같고 물 같아서
영원히 서로 바라보는 산과 산 사이
영원히 서로 비추이는 하늘과 땅 사이에 있다

그러나 당신은 그저 말없이 나를 바라보고 있다
산길을 걷고 있자면
줄곧 시선을 받고 있는 나
수도 없이 당신 앞에 넘어져
과거의 몇천, 몇백 년 사이 당신의 품속에서
넘어지고 피 흘리고 죽어간 사람들처럼

2

수도 없이 당신의 품에서 아이들이 넘어지고 상처를
입고

그리고 다시 일어날 것이다

사방에 썩은 이파리가 쌓인 밀림 속을 나아간 그들은

수도 없이 길을 잃었다

청춘의 포말이 폭포처럼 튀는 것을 보았다.

골짜기를 흐르는 물과 함께 넓은 바다로 흘러들어 가
는 것을 당신은 보았다

몽환 속에서 뜬구름이 천천히

더 거대한 몽환 속으로 사라져 가는 것을 보았다.

그들은 가만히 앉아 사색할 바위를 찾으러 갔다

종소리와 함께 황혼으로 들어간 사람들은

폭풍우 속에서 성장했다

그들은 깎아지른 낭떠러지에 서서

낙숫물이 돌을 뚫는 것을 보았다

떠난 사람은 이처럼 밤낮을 쉬지 않고 보았다

떠난 사람은 이처럼 밤낮을 쉬지 않았다

붉은 털의 스페인 사람이 협곡에 와서 사금 채취하는

것을 당신은 허락했다

붉은 털의 네덜란드 사람이 협곡에 와서 사금 채취하는 것을 당신은 허락했다

만주사람들에게 쫓겨나 바다를 건너온 중국인이 그 협곡에서 사금 채취하는 것을 당신은 허락했다

만주인을 쫓아낸 일본인이 그 계곡에서 사금 채취하는 것도 허락했다

당신의 협곡에 쳐들어가 진지를 쌓고 대포를 세우고 사람을 죽였다

당신의 산허리에 쳐들어가 진지를 쌓고 대포를 세우고 사람을 죽였다

당신의 계류에 쳐들어가 진지를 쌓고 대포를 세우고 사람을 죽였다

당신은 쳐들어온 중국인들이 칼을 휘두르며 사람들에게 하는 말을 들었다

"항복하라! 타이루거 놈들아!"

당신은 쳐들어온 일본인들이 총을 들이대고 사람들에

게 하는 말을 들었다
 "항복하라! 타이루거 놈들아!"
  당신은 문신이 있는 그들이 점점 더 깊은 산에서 산기
슭으로 옮겨가고
  산기슭에서 평원으로 옮겨가는 것을 보았다
  당신은 그들이 서서히 자신들의 집에서 나와
  입을 굳게 다물고 떠나가는 것을 보았다

  3
  그들이 점점 더 자신들의 집을 떠나
  그 곁으로 오는 것을 당신은 보았다
  같은 중국인들에게 추방당해 바다를 건너온 중국인들

  그들은 전쟁에서 남은 폭약, 향수鄕愁, 불도저로
  당신의 뒤얽힌 골격 사이를 파내어 새로운 꿈을 열려
고 했다
  어떤 사람은 자신이 판 터널에서 행방불명되었고
  어떤 사람은 낙석과 함께 영원의 심연 속으로 떨어졌다
  어떤 사람은 한쪽 손, 한쪽 발을 잃었으나

바람 속에서도 의연한 나무처럼 서 있다
어떤 사람은 낡은 두루마기를 벗고 가래를 손에 들고
새로 개통된 길옆에 새로운 문패를 세웠다
그들은 타향에서 만난 여자들에게
접목, 혼혈, 번식을 배웠다
차례차례 심어놓은 캘리포니아 자두, 양배추, 20세기
배처럼
그들은 자신들을 당신의 몸속에 심었다

그들은 새롭게 개통한 길에 새로운 지명을 붙였다
봄이 되자
그들의 위대한 지도자는 훈장을 달고
티엔샹天祥이라는 곳에 가서 떨어진 매화꽃을 감상했다
온천의 오솔길에 침대보를 펴고
뜨겁게 큰 소리로 '정기正氣의 노래'*를 낭송했다
그러나 당신은 화칭츠華清池*도 아니고 마웨이포馬嵬坡*
도 아니고
또한 아득히 먼 중국의 영롱한 풍경도 아니다

그 유명한 따첸 거사大千居士*는 떨리는 손으로

산속의 구름과 안개보다도 어렴풋한 멋진 수염을 만지면서

반추상적인 붓으로 발묵潑墨*으로

당신의 그 얼굴에 향수를 가득 그렸다

그들은 당신의 절벽에 중국의 창장長江 만리도萬里圖를 그렸다

그러나 당신은 중국의 산수도 아니고 산수화 속의 산수도 아니다

당신 이마에 걸려 있는 것은 이당李唐*의 만학송풍도萬壑松風圖가 아니고

판콴范寬*의 계산행여도谿山行旅圖도 아니다

냉방이 잘 된 시원한 관광버스에 앉아 있는 사람들에게

당신은 아름다운 풍경

(꼭 사백 년 전 배를 타고 동쪽 해상을 지날 때

기발한 음조로 포르모사*를 외쳤던 포르투갈인 같다)

당신은 아름답지만 포르모사라는 이름은 아니다

당신은 기다리거나 걷고

걸어두거나 감상하기 위한 풍경도 아니다

당신은 생활이며 생명이다
피가 흐르고 율동하고
호흡하는 백성들에게
당신은 위대한 진실의 존재이다

4
나는 짙은 안개의 여명을 찾았다.
나는 처음으로 협곡을 날아오르는 검은 긴꼬리꿩을 찾았다.
나는 틈 사이로 서로 바라보던 쪽풀*과 등대풀*을 찾았다
나는 바다와 아침 햇살을 소리 높여 칭찬하는 최초의 혀를 찾았다
나는 날다람쥐를 쫓는 석양의 붉은 무르팍을 찾았다
나는 온도에 따라 색깔을 바꾸는 나무의 달력을 찾았다
나는 바람의 부락을 찾았다.
나는 불의 제전을 찾았다
나는 활 구부리는 소리에 움직이는 산돼지의 발자국 소리를 찾았다.

나는 홍수를 베개 삼아 자는 대나무집을 찾았다

나는 건축기술을 찾았다.

나는 항해술을 찾았다

나는 상복을 걸치고 울고 있는 별을 찾았다

나는 피의 밤과 협곡이 갈고리처럼 걸쳐 있는 산에 뜬 달을 찾았다

나는 쇠사슬로 자신을 묶어 천 길 낭떠러지에서 늘어진 산과 함께 파열한 손가락을 찾았다.

나는 벽을 뚫고 통과하는 빛을 찾았다.

나는 뱃머리에서 충돌한 머리를 찾았다

나는 타향에 묻힌 마음의 혼을 찾았다

나는 끈으로 매단 현수교를 찾았다 신발 끈이 없는 노래인지도 모른다

나는 메아리치는 동굴을 찾았다 풍부한 의미를 가진 한 무리의 모음과 자음

통까라오, 팡지양, 타비뛰

땅옹첸, 뤄사오, 튀루완

튀보거, 스미커, 루보커

커바양, 바라나오, 바토노프
카모혜얼, 카루지, 보카파라쓰
커라빠오, 다브라, 라바호우
카히야, 보히리, 다히루
히혜이간, 히다깡, 히카라한
카오완, 튀모완, 푸뤄완
푸뛰딴, 바즈깐, 힌리깐
더뤼커, 더카룬, 더지야커
사카딴, 빠라딴, 쑤와사루
쁘나안, 뽀루린, 다부커안
야오와이, 튀융, 빠즈깐
다지리, 허허쓰, 와헤이얼
쓰커이, 보커쓰이, 모코이시 (※대만 원주민 언어)

5
나는 메아리치는 동굴을 찾았다
가랑비 내리는 꽃샘추위의 봄날 하루, 이 땅에서
소박하게 살아간다는 것의 숨어 있는 의미를 생각하고
있다

가을이 되면 그들은 짝을 지어 협곡의 산길을 돌아다
닌다
　나무들 사이, 계류의 물가에서 기다리면
　한 무리의 원숭이 떼가 불쑥 나타난다
　혹은 황폐한 경작지 옆에
　조용히 서 있는 두 칸짜리 주인 없는 대나무 집인지도
모른다
　저 너머 먼 옛길에서 덩굴풀 한 무더기를 지나쳐간 그
들은
　일본군이 매복하는 참호에서 마주쳤으리라
　저 너머 더 먼 곳에는 원주민 산지족의 초가지붕 오두
막이 있으리라
　그리고 최근에 고고학 대원들이
　남기고 간 도자기 파편이 두세 조각 널려 있으리라

　우리는 훼이토만迴頭灣을 돌아
　아홉 그루의 늙은 매화나무가 있는 현수교로 갔다
　일본 경찰이 주재했던 건물에서 지금은 우체부가
　즐겁게 우편물을 수취해가는 칸에 던져 넣었다

두 시간 걸어 현수교에 도착한 렌화치蓮花池의 노병들이
건너와서 우편물을 받아가리라
혹은 덜컹거리는 운반차를 타고 내려온
메이춘梅村의 여자들일지도 모른다

당신들이 덜컹거리면서 황혼녘 촌락으로 들어서면
마을의 튼실한 소년이 흥분해서 달려 나와 맞이한다
그 날쌘 모습은 그의 할아버지가 50년 전에
사냥할 때 쫓아간 산골 사슴을 방불케 한다
"아빠가 차를 끓여놓고 아까부터 기다리고 있어요!"
대나무 마을은 그들의 고향 이름이다
그의 아버지가 어렸을 때 읽었던 당시唐詩의 시구처럼
50년 전에 여기에서 농사를 짓고 사냥을 했던 타이야
족처럼
그들은 바다를 건너와 이 땅의 주인이 되어
과일나무를 심고 아이들을 양육했다

6
가랑비 내리는 꽃샘추위의 봄날 하루, 이 땅에서

소박하게 살아간다는 것의 숨어 있는 의미를 생각하고
있다
　종소리가 이어지고
　이어지는 산 너머로 또 산이 이어진다
　계단을 올라가자 석양이 기울며 다가갔다.
　산정의 옌딩선사巖頂禪寺의 독경 소리가
　반복되는 파도소리 같고
　당신의 광대한 존재와도 비슷하다
　그 낮게 이어지는 독경 소리가 어찌 단순하고 번잡하
겠는가
　미약한 것도 광대한 것도 끌어안고
　고뇌하는 것도 기뻐하는 것도 끌어안고
　기이한 것을 끌어안고
　불완전한 것을 끌어안고
　고독하고 슬픈 것을 끌어안고
　원한을 끌어안는다
　살며시 눈을 내려감은 자비로운 불보살처럼
　당신 또한 말없이 지켜보는 관세음보살이다
　천지가 열리고, 나무들의 죽음, 벌레들의 생을 담담하

게 바라본다
　산의 물소리가 울리고 세월은 무궁하다
　생명이 생명을 부르는 소리를 들은 것 같다
　그것이 산속 투명한 물의 풍광을 뚫고
　영원히 메아리치는 동굴을 뚫고
　오늘 밤 도착할 것이다

　천 길 낭떠러지가 한 알의 모래알처럼 마음속에 누워
있다

(1989)

〈저자 주〉
* 대만 원주민 언어 : 대만의 타이루거 국립공원 내에 있는 옛 지명들이
　며, 원주민 타이야(泰雅)족 언어를 나열했다. 예를 들어 타비뒤(塔比
　多)는 현대 대만어로는 티엔샹(天祥)이지만 이곳 원주민 언어로는 '종
　려나무'이고, 뤄사오(洛韶)는 '늪', 다부커안(達布可俺)은 '파종', 빠즈깐
　(巴支干)은 '반드시 가야 할 길', 푸뤄완(普洛灣)은 '메아리'를 뜻한다.

〈옮긴이 주〉

* 정기(正氣)의 노래 : 남송 말의 정치가, 군인, 시인이었던 원톈샹(文天祥, 1236-1282)이 원나라에 저항하다 체포되었을 때 옥중에서 쓴 작품. 쿠빌라이 칸이 그의 재능을 아껴 몽골로 전향을 권유했지만 거절하고 죽음을 택했다.

* 화칭츠(華清池) : 중국 산시성(陝西省) 시안시(西安市)의 리산(驪山)의 산록에 있는 온천. 현종(玄宗)이 양귀비를 위해 증축하여 화청궁(華淸宮)이라 개칭하였다. 당시 현종과 양귀비가 사용한 여러 온천탕이 보존되어 있다. 장제스(蔣介石)가 장쉐량(張學良)의 군대에 붙잡힌(1936년의 시안사건) 곳이기도 하다.

* 마웨이포(馬嵬坡) : 현종이 안녹산(安祿山)의 난(亂)을 당하여 촉(蜀)으로 피신하던 중에 이곳에 이르러 눈물을 머금고 양귀비(楊貴妃)를 죽인 곳이다.

* 따첸 거사(大千居士, 1899-1983) : 중국의 현대화가 장따첸(張大千)을 말함. 쓰촨성(四川省) 내이쟝(內江) 사람. 만년에는 대만으로 옮겨 살면서 대륙의 풍경을 다수 그렸으며, 타이베이에서 사망. 1941-1943년에는 둔황에 가서 벽화 200여 면을 모사했다. 전통적 문인화의 화법에 표현주의 회화의 필치를 가미하여 산수, 인물, 화훼화에서 독자적인 화풍을 창출했다. 대표작은『황산기경도』『장강만리도』(타이베이 역사박물관) 등이 있다.

* 발묵(潑墨) : 산수화의 기법의 하나로, 붓에 먹물을 많이 묻혀 진한 먹의 덩어리를 화면에 떨어뜨려 거기에서 먹으로 그려 나가거나 흩트려서 약동감에 의한 운연(雲煙)의 정취 따위를 나타내는 기법.

* 리탕(李唐, 약 1049-1130 이후) : 허양 (河陽) 싼청(三城) 사람으로 중국 남송 초기의 화원 화가. 화우(牛)·인물화를 잘 그렸고 특히 산수화에 뛰어났다. 묘법 상으로는 부벽준(斧劈皴)을 창시하고, 사실적·장식적 화품을 만들었다. 대표작「만학송풍도(万壑松風圖)」(1124, 타

이베이 고궁박물원)는 북송 활약기의 양식으로 그린 작품이다.

* 판콴(范寬, 약 960-1126) : 중국 북송 초기의 산수화가. 자연을 깊이 관찰하여 진경(眞景)을 묘사하는데 주력하여 주로 웅장한 바위산을 화면 중앙에 크게 배치한 고원 산수(高遠山水)를 그렸고, 웅장한 암산(岩山)을 화폭에 크게 솟아오르게 하는 구도로 중량감과 실질감을 표현하여 '산의 진골(眞骨)'을 묘사하는 데 탁월했다.

* 퍼모사(Formosa) : '아름답다'라는 뜻의 스페인어, 라틴어 또는 포르투갈어로 여러 지명에 쓰인다. 포르모사는 포르투갈 선원이 대만을 발견하고 '아름다운 섬'이라는 뜻으로 붙인 이름이며, 유럽 쪽 일부에서는 지금도 사용하고 있다.

* 쪽풀 : 목람(木藍). 인도 쪽. 학명은 indigofera tinctoria L. 콩과 식물로 인디고라는 쪽빛 염료로 사용하며, 해열, 해독, 어혈, 지혈 등에 효과가 있어 약재로도 사용.

* 등대풀 : 오풍초(五風草). 학명은 Euphorbiaceae. 열대성의 쌍잎식물로 대극과에 속하는 두해살이풀.

벽

우리가 흐느껴 우는 소리를 듣고
우리가 속삭이는 소리를 듣고
우리가 벽지 찢는 소리를 듣고 있다
떠나간 소중한 사람들의 목소리를 애타게 뒤쫓는 것
을……

큰 숨소리와 코골이와 기침 소리를
그러나 우리에게는 아무것도 들리지 않는다

벽에 귀가 있고
벽은 침묵의 기록자다

없어진 모자, 열쇠, 코트를 기념하며
우리는 쇠못을 남겨놓는다
굴절된 애정, 소문, 집안의 수치를 집어넣기 위해
우리는 거기에 틈을 만든다

거기에 걸린 시계

거기에 걸린 종
거기에 걸린 잃어버린 날들의 그림자
움푹 들어간 꿈의 입술 자국

우리는 거기에 두께를 가한다
우리는 거기에 무게를 가한다
우리는 거기에 정적을 가한다

벽에 귀가 있고
우리의 유약함에 따라서 거대해진 존재

(1990)

봄

아아! 세상이여
우리들 마음도
합법적이고 건강하게 음탕해져 왔다

(1992)

그림자의 강

매일 우리들 찻잔에서 흘러간
한 줄기 그림자의 강
입술 자국이 알록달록하게 남은 곳은
수도 없이 사라지는
강의 양쪽 기슭
방 가득 퍼지는 차 향기가 잠으로 이끈다
우리는 어쩌면 시간을 마시고 있는지도
혹은 자기 자신
혹은 찻잔 속에 떨어진 부모님일지도

찻잔 속 탁하게 괴어있는 바닥에서
작년의 풍경을 건져 올린다
산은 온통 재스민 꽃
피고 지는 꽃잎
차가운 강물이 다시 끓어오르고
조용히 내려앉는 어둠을 따뜻하게 녹여주는 것을 보고
있다

그리고 우리는 초롱처럼 빛나는 잔 앞에서

차를 마신다 꿈처럼
높다란 해안가에 앉아
찻물이 강물로 변할 때까지 기다리고
나무들이 꽃을 피우고 열매 맺기를 기다린다
우리의 부모님처럼
한 알의 열매
꽃잎 한 장의 동백꽃으로
바뀌어 그림자의 강물에 흘러들 때까지

(1992)

마술사

그날 밤 군집한 관객들이 흩어진 다리 끝에서
그가 나에게 말했다. "얘야, 모든 마술은 실제란
다……"

그러므로 저 흘러가는 구름도 그의 가슴에 꽂힌 손수
건에서 나온 것
저 질주하는 차도, 정지된 가옥도

그는 비밀의 강을 춤추게 했다
눈물과 땀에 젖은 하얀 손수건은
접으면 꿈속의 비둘기 같고 펼치면 세계지도 같았다

그는 지도 위에 손수건을 펼쳐서 모든 사람이
다 앉을 때까지 손수건을 펼치고 또 펼쳤다
그는 말했다
"마술은 사랑입니다
모든 덧없고 아름다운 것
소유하려고 해도 가질 수 없는 것에 대한 사랑"
그는 손수건에서 장미 한 다발을 꺼내

혈관처럼 가느다란 관으로 자신과 꽃을 연결했다
그는 우리에게 칼로 그의 심장을 찌르라고 시켰다
"내 마음은 사랑으로 가득 차 있습니다
칼로 찌르면 내 피가
이 장미에서 분출할 것입니다"
놀란 우리는 꽃잎처럼 튀어 오르는 피를 피하려 했지만
그것은 쨈처럼 달콤했다
또 다른 손수건에서 그는 카드 한 벌을 꺼내
우리가 전부 그 안에 있다고 말했다
그는 우리에게 카드 한 장씩을 뽑게 하더니 번호를 기
억하라고 하고선
카드를 제자리에 돌려놓았다 그 번호가 우리의 이름이
라며
영원이라는 시간이 우리에게 주는 신분증이라고 했다
그는 능숙한 솜씨로 카드를 섞었다
모든 카드가 같은 번호로 바뀔 때까지 계속했다
우리는 어느 것이 자신의 카드인지
알 수 없게 되어 놀라서 서로 바라보았다

그는 변형되어가는 사물을 좋아했다
도시 전체의 분수대를 소매 속에 숨겨서
우리의 희로애락과 뒤섞어
갑자기 새까만 식초가 뿜어져 나오게 하고
갑자기 새빨간 와인이 뿜어져 나오게 했다
그는 태양 아래 아무것도 새로울 게 없다는 것을 알고
있기에
달빛 아래 연기하는 일을 택했다
그가 목구멍 깊이 삼킨 불꽃과 날카로운 칼은
(그가 신문을 펴면서 선언한 것처럼)
결국 먼 곳에서의 끔찍한 살인, 학살, 종교 혁명이 되
었다

그는 우리가 자세히 보기를 원했다
그는 인생이란 한바탕 펼쳐지는 대 마술이라면서
"당신들이 믿어주기만 하면 손수건도 하늘을 나는 양
탄자로 변신시킬 수 있답니다!"
그러나 그중 몇몇 변화는 너무도 빨라서
우리는 그 변화의 차이를 분간할 수 없었으며

또 어떤 변화는 너무도 느려서
평생 걸려 겨우 오묘함이나 알 정도이고
겨우 알아차렸을 때는 바다가 뽕밭으로 변하고
소녀는 노파로 변한다고 했다
그러나 사랑은 어떻게 죽은 자의 영혼을 깨우고 죽은
자의 재는
어떻게 새로운 불꽃으로 피어오르는 것일까?

그날 밤 강변의 공터에서는 발밑의 손수건이
우리를 태우고 멀리 날아갈 것이라고는 아무도 믿지
않았다
그러나 마술사는 끊임없이 손수건을 사용하여 변신을
보여주었고
비밀의 강물이 그의 눈에 흐르고 있었다

(1992)

허무주의자를 그리기 위해 설치한 판매기

원하는 버튼을 누르시오

모유	●냉 ●온
뜬구름	●대 ●중 ●소
솜사탕	●인스턴트형 ●지속형 ●부착형
백일몽	●깡통 포장 ●병 포장 ●알루미늄 포장
숯불커피	●향수에 빠지는 타입 ●열정 타입 ●사망 타입
스타 화장수	●벌레 울음 넣기 ●새소리 넣기 ●오리지널
수면제	●채식자용 ●비채식자용
몽롱시朦朧詩	●2개 포장 ●3개 포장 ●분무식
대마초	●자유 브랜드 ●평화 브랜드 ●아편전쟁 브랜드
콘돔	●상업용 ●비상업용
숨은 그림자 휴지	●초슬림형 ●투명형 ●방수형
월광 볼펜	●회색 ●검은색 ●흰색

(1993)

섬나라 대만

축척 4천만분의 1의 세계 지도에서
우리의 섬은 푸른 제복에 느슨하게 달린
노랗게 일그러진 단추
내 존재는 지금 거미줄보다 더 가느다란
한 줄 투명한 실, 바다에 면한 내 창문을 빠져나와
힘껏 섬과 바다를 꿰매고 있다

고독한 나날의 가장자리에서
묵은해와 새해가 바뀌는 틈새에서
생각은 거울의 책처럼 시간의 파문을
차갑게 응결시킨다
그 책을 읽다 보면 뿌옇게 과거의 한 페이지씩
거울에 반짝 빛나는 것이 보인다

또 하나의 비밀의 단추
보이지 않는 녹음기처럼 당신의 가슴에 부착되어
당신과 인류의 기억을 수도 없이
수록하고 재생한다
사랑과 증오, 꿈과 진실, 고난과 기쁨이

혼합된 녹음테이프

지금 당신이 들은 것은
세상의 소리
당신 자신과 모든 죽은 자와 산 자의
마음의 소리, 만약 마음을 다해 부른다면
모든 죽은 자와 산 자는
당신과 명쾌하게 이야기할 것이다

섬의 가장자리
잠과 각성의 경계에서
내 손은 바늘처럼 자신의 존재를 움켜쥐고 있다
섬사람들의 손에서 둥글게 닦여진 노란색 단추를 거쳐
그것은 푸른 제복 뒷면의
지구의 심장에 단단히 꽂혀 있다

(1993)

58

소우주 1
— 현대 하이쿠俳句 100편

1
남자는 두 빌딩 사이로
스며든 달빛 아래
리모컨을 손질했다

14
기다리고 있다 갈망하고 있다 너에게——
밤의 텅 빈 그릇 속에서
주사위가 7면을 드러내려 하고 있다

18
적적한 겨울날의 중대한 사건——
귓밥 하나가
책상 위에 떨어졌다

21
눈물은 진주처럼——아니 눈물은
은화처럼, 아니 눈물은
단추처럼 떨어진 후 꿰매야 하는 것

29
죽음에 경의를 표하는 퍼레이드——
산책하는 신발, 일하는 신발
잠자는 신발, 춤추는 신발……

30
거리의 제각각은 껌
몇 번이고 씹어도 좋다 그러나
한 번에 먹어선 안 된다

38
쇳덩이처럼 얼어붙는 추운 밤——
서로 부딪쳐 불을 일으키는
육체의 타악기

51
구름과 안개의 아이가 하는 구구단——
산 곱하기 산은 수목, 산 곱하기 수목은 나

산 곱하기 나는 허무……

62
"풀과 쇠의 녹은 누가 더 빨리 달릴까?"
봄비 내린 뒤 폐선이 된 철길 옆에서
누군가가 나에게 물었다

63
계속해서 세계신기록을 깨고 나서
우리의 고독한 투포환 선수는
단번에 자기의 머리를 던져버렸다

66
몸이 희어서 점이
하나의 섬이 되었다──그리운
당신의 옷 아래 반짝이는 넓고 넓은 바다

76
사계절을 샌들로 지낸다──못 보셨나요?

칠판과 먼지를 밟고 나서 내 발이
쓴 자유시를?

86
나는 사람
나는 암흑천지 속의
다 쓰고 버린 라이터

90
격렬한 사랑이 가져온 유쾌한 사상死傷──
나는 자몽 다섯 상자만큼의 땀을 흘렸고
너는 머리카락 스물한 개가 잘렸다

97
결혼이야기──장롱 한 짝만큼의 적막에
장롱 한 짝만큼의 적막을 더하면
장롱 한 짝만큼의 적막이 된다

(1993)

가을 노래

친애하는 신이 세상에 대한 우리의 충성심을
시험하기 위해 갑자기 죽음을 선택했을 때
우리는 여름과 가을의 꼬리로 묶인 그네에 앉아
기울어진 경험의 벽을 뛰어넘으려고
불어오는 바람에 브로치를 하나 빌리려 하고 있다

그러나 만약 잡은 손을
노을빛 속에서 풀어준다면
우리는 질주하는 평원의 몸을 꽉 붙잡아야만 한다
한없이 먼 곳을 향해 큰 소리로
우리의 색깔과 냄새, 형상을 외치면서

추상적인 존재로서 서명을 남긴 한 그루 나무처럼
우리는 차례차례 나뭇잎의 옷을 벗으며
과중한 기쁨과 욕망, 사상을 벗어던지고
그저 심플한 연 하나로
사랑하는 사람의 가슴에 걸린다

심플하고 아름다운 곤충 브로치

어두운 꿈속에서 비상하여
눈물도 속삭임도 없는 기억 속으로 기어오르는
그것은 사랑의 빛과 고독의 빛이 동일하듯이
가볍고 긴 하루는 긴 밤과 쌍둥이라고

다시 한 번 알 때까지 계속해서
여름과 가을이 교미해서 생긴 그네에서
다시 기울어진 감정의 벽을 한층 더 고치려 할 것이다
친애하는 신이 세상에 대한 우리의 충성심을
시험하기 위해 갑자기 죽음을 선택했을 때

(1993)

밤의 물고기

나는 밤에 물고기가 된다
빈털터리로 부와 자유를 갑자기 손에 쥔
양서류

허무? 그렇다
끝없이 펼쳐진 하늘 같은 허무
당신의 질보다도 더 검고 어두운 밤을 나는 헤엄친다
방랑하는 사람처럼

그렇다, 우주는 나의 도시
어떤 시립 수영장에서든 다 내다보인다
유럽은 한 덩어리의 말라비틀어진 돼지고기
아시아는 악취 나는 하수구 옆의 깨진 찻잔

당신들의 달콤한 가족애를 부어 넣어야 한다
당신들의 윤리와 도덕의 물을 부어라
당신들의 이틀에 한 번 갈아주는 목욕탕의 물을 부어라

나는 빈털터리여서 아무도 두렵지 않다

양서류
끝없는 우주에 서식하고
낮에도 밤에도 꿈속에서 살고

바람으로 빗질하고 비로 목욕하는 자

당신의 넓은 하늘을 활개 치며 헤엄쳐 다니고
당신이 결코 도망칠 수 없는 생과 사를 넘어간다

당신은 아직도 그 자유를 자만하겠는가?

자, 이 물고기를 인정하자
당신한테 버림받고 갑자기 부와 자유를 손에 쥔
넓은 하늘의 물고기를 인정하는 것이다

(1994)

전쟁교향곡

兵兵兵兵兵兵兵兵兵兵兵兵兵兵兵兵兵兵兵兵
兵兵兵兵兵兵兵兵兵兵兵兵兵兵兵兵兵兵兵兵
兵兵兵兵兵兵兵兵兵兵兵兵兵兵兵兵兵兵兵兵
兵兵兵兵兵兵兵兵兵兵兵兵兵兵兵兵兵兵兵兵
兵兵兵兵兵兵兵兵兵兵兵兵兵兵兵兵兵兵兵兵
兵兵兵兵兵兵兵兵兵兵兵兵兵兵兵兵兵兵兵兵
兵兵兵兵兵兵兵兵兵兵兵兵兵兵兵兵兵兵兵兵
兵兵兵兵兵兵兵兵兵兵兵兵兵兵兵兵兵兵兵兵
兵兵兵兵兵兵兵兵兵兵兵兵兵兵兵兵兵兵兵兵
兵兵兵兵兵兵兵兵兵兵兵兵兵兵兵兵兵兵兵兵
兵兵兵兵兵兵兵兵兵兵兵兵兵兵兵兵兵兵兵兵
兵兵兵兵兵兵兵兵兵兵兵兵兵兵兵兵兵兵兵兵
兵兵兵兵兵兵兵兵兵兵兵兵兵兵兵兵兵兵兵兵
兵兵兵兵兵兵兵兵兵兵兵兵兵兵兵兵兵兵兵兵
兵兵兵兵兵兵兵兵兵兵兵兵兵兵兵兵兵兵兵兵
兵兵兵兵兵兵兵兵兵兵兵兵兵兵兵兵兵兵兵兵

兵兵兵兵兵兵兵兵兵兵兵兵兵兵兵兵兵兵兵兵兵탕
兵兵兵兵兵兵兵兵兵兵兵兵兵兵兵兵兵兵兵탕탕

乒乒乓乒乓乒乓乒乓乒乒乓乓乒乓乒乓乒乓乓乒乓乓乒
乓乒乓乒乓彈彈乓乒乒乓乒乓乒乓乒乓乒乓乒乓乓乒乓
乒乓乒乓乒乓乒乓乒乓乒乓乒乓乒乓乒乓乒乓乒乓乒乓
乒乓乒乓乒乓乒乓乒乓乒乓乒乓乒乓乒乓乒乓乒乓乒乓
乒乓乒乓乒乓乒乓乒乓乒乓乒乓乒乓乒乓乒乓乒乓乒乓
乒乓乒乓乒乓乒乓乒乓乒乓乒乓乒乓乒乓乒乓乒乓乒乓
乒乓乒乓乒乓乒乓乒乓乒乓乒乓乒乓乒乓乒乓乒乓乒乓
乒乓乒乓乒乓乒乓乒乓乒乓乒乓乒乓乒乓 乒乓乓乓 乓

乓乓 乓乓乓乓 乒 乓 乒乓 乒乓 乓乓

乒乓 乓乓 乓 乓 乒 乓 乓乓乓 乓 乓

乒乓 乓 乓乓 乓 乓 乓 乓 乓 乓

乒 乓乓 乓 乒 乓

乒 乓 乒 乓 乓

乒 乓

丘丘丘丘丘丘丘丘丘丘丘丘丘丘丘丘丘丘丘丘丘丘丘丘
丘丘丘丘丘丘丘丘丘丘丘丘丘丘丘丘丘丘丘丘丘丘丘丘
丘丘丘丘丘丘丘丘丘丘丘丘丘丘丘丘丘丘丘丘丘丘丘丘
丘丘丘丘丘丘丘丘丘丘丘丘丘丘丘丘丘丘丘丘丘丘丘丘

68

兵兵兵兵兵兵兵兵兵兵兵兵兵兵兵兵兵兵兵兵兵兵
兵兵兵兵兵兵兵兵兵兵兵兵兵兵兵兵兵兵兵兵兵兵
兵兵兵兵兵兵兵兵兵兵兵兵兵兵兵兵兵兵兵兵兵兵
兵兵兵兵兵兵兵兵兵兵兵兵兵兵兵兵兵兵兵兵兵兵
兵兵兵兵兵兵兵兵兵兵兵兵兵兵兵兵兵兵兵兵兵兵
兵兵兵兵兵兵兵兵兵兵兵兵兵兵兵兵兵兵兵兵兵兵
兵兵兵兵兵兵兵兵兵兵兵兵兵兵兵兵兵兵兵兵兵兵
兵兵兵兵兵兵兵兵兵兵兵兵兵兵兵兵兵兵兵兵兵兵
兵兵兵兵兵兵兵兵兵兵兵兵兵兵兵兵兵兵兵兵兵兵
兵兵兵兵兵兵兵兵兵兵兵兵兵兵兵兵兵兵兵兵兵兵
兵兵兵兵兵兵兵兵兵兵兵兵兵兵兵兵兵兵兵兵兵兵
兵兵兵兵兵兵兵兵兵兵兵兵兵兵兵兵兵兵兵兵兵兵

(1995)

〈옮긴이 주〉
* '군인'을 의미하는 한자 '병(兵)'은 중국어 발음으로 '빙(bing)'이며, 그
  '빙'이 병사가 부상당해 다리를 잃어 '핑(乒, ping)과 퐁(乓, pong)'으
  로 바뀐다. '핑(乒) 퐁(乓)'은 '탁구'의 발음이기도 하지만 충돌하거나

69

총을 쏘았을 때 나는 소리이기도 하다. 전쟁터의 총소리 '핑퐁(탕탕)'의 의성어를 모방하여 총성이 교차하다 다리 하나를 잃었고, 중국어로 '츄유(丘)'인 언덕이라는 한자 '구(丘)'를 써서 교전 중에 두 다리를 다 잃었음을 나타냈다.

줄타기하는 사람

그래서 지금 내가 이어가는 것은 허공에 매달리는 일
당신들의 웃음소리. 희미하게 떨리는 줄을 통해
만약 던져온 것이 지붕보다도 큰 공이었다면?
당신들은 갑자기 우울해질까?
지구 같은 공이 꽉 조여 있지 않은 섬이나 호수를
(나사못이 풀린 외바퀴의 차처럼) 당신의 얼굴에 쏟아
붓는다

그 검자색의 상처 자국은 산맥과 충돌한 곳
쇠바퀴보다도 단단한 형이상의 산맥
형이상의 부담, 초조, 형이상의 미적 감각……
이를테면 미적 감각이라는 것은 허공에서 떨고 있는
나에게는
그저 재채기를 참고 가려움을 참으며
계속 머리를 들고 있는 것

그와 동시에 당신을 굴러가게 하는 것은 모든 대륙,
아시아 대륙의
유머 시스템, 그 몸에 강물처럼 섞여서 짜여 있다

그다지 재미있지도 않은 유머, 블랙 유머, 백색 테러
붉은 피, 붉은색인 것은 당신이 예전에 사랑했던 여자
로 인해
얼굴이 붉어지고 가슴이 두근거렸기 때문이다
(물론 당신은 질투와 분노, 사랑했기에 생긴 원한 탓에
흐른 새빨간 피를 잊을 수 없으리라)
게다가 당신은 그저 지구 위를 걷는
줄타기하는 사람에 지나지 않지만 그저 지구를 걷는
일에 만족하지 못하는
줄타기하는 사람

지금껏 내가 이어온 것은 떠나간 서커스단이 남긴
주제──시간, 애정, 죽음, 고독, 신앙, 꿈
당신은 그래서 오두막에 가득 찬 관중 앞에서 소포를
펼칠 것인가?
한바탕 폭소를 터트린 후에 갑자기 엄숙해지는 순간
당신은 그저 지구의 내장을 꺼내어 닦은 후 다시 정리
해 넣을 뿐이다
세상을 움직이게 하고, 태양빛을 도약시키고, 암컷과

수컷을
  절정에 오르게 하는 부품……
  그들은 당신이 왜 거기에 멈춰있는지조차 알지 못한다
  거기에 멈추어(재채기를 참고 가려움을 참고)
  제자리에서 공중제비하는 날개 없는 나비

  그러므로 당신은 허공에서 떨고 있다. 움찔움찔하며
  공중의 줄 위에 농담 같은 꽃의 정원을 만들어
  움찔움찔하며 지구를 걷고 인생을
  지탱하고 있다
  한 개의 기울어진 대나무 장대와
  하나의 허구의 펜으로

(1995)

가구는 음악

의자에서 책을 읽고
책상에서 글을 쓴다
마루에서 잠을 자고
장롱 옆에서 꿈을 꾼다

봄에 물을 마신다
(컵은 부엌 선반)
여름에 물을 마신다
(컵은 부엌 선반)
가을에 물을 마신다
(컵은 부엌 선반)
겨울에 물을 마신다
(컵은 부엌 선반)

창문을 열고 책을 읽는다
스탠드를 켜고 글을 쓴다
커튼을 치고 잔다
방 안에서 잠이 깬다

방 안에는 의자
와 의자의 꿈
방 안에는 책상
과 책상의 꿈
방 안에는 마루청
과 마루청의 꿈
방 안에는 옷장
과 옷장의 꿈

내가 들은 노래 속에서
내가 말한 말 속에서
내가 마신 물속에서
내가 남긴 침묵 속에서

(1995)

근설根雪* 3편
— 검은 양

  고등학교를 중퇴하고 밖으로 나돌던 막냇동생은 삼 형제 중 검은 양이다. 다리에 청룡을 문신했지만 마음은 어머니만큼 여렸다. 어머니는 자전거로 출퇴근을 했는데 줄곧 빚을 갚으면서 한평생을 보냈다. 오로지 막내아들이 올바른 길로 돌아오기만을 염원했다. 어머니는 몇 번이나 오토바이와 차를 사줬지만 어느 것이든 결국 어딘가로 사라져 버렸다. 나에게는 숨기고 어머니는 돈을 빌려 동생에게 차 한 대를 사주었다. 흰색 차였는데 겨울의 아침 안개처럼 하얬다. 어느 날 아침 내가 상하이가上海街로 돌아갔을 때 어머니가 걸레를 들고 몰래 길가에 세워둔 흰색 자동차로 다가가는 것을 보았다. 검은 양을 닦아서 희게 만들겠다는 듯 어머니는 지그시 힘을 주어 쉬지 않고 닦았다. 흰색 차도 얼마 못 가 보이지 않게 될 것을 어머니는 알고 있어서 검은 양이 잠에서 깨기 전에 하얀 가죽을 꿰매야 하기 때문이다.

(1996)

〈옮긴이 주〉
 * 근설(根雪) : 밑에 깔려 봄의 해빙 때까지 녹지 않고 남는 눈.

고속 기계 위의 짧은 여행

여름
매미
울음소리를
지나

막
바다를
만
났
다

단풍
나무의
파도

눈䳍

어둔
밤

(1997)

섬에서

1

산무애뱀이 내 목걸이와 노래를 훔쳐갔다
나는 산을 넘어 찾으러 갈 것이다
하지만 어머니 보세요
그는 내 목걸이를 부수어 계곡으로 던져 넣어
밤새 흐르는 별빛으로 만들었고
내 노랫소리는 한 방울의 눈물로 압축하여
검은꼬리꿩의 침묵의 꼬리에 떨어뜨렸다

2

우리의 통나무배는 신화의 바다에서 오늘 밤 이 모래
밭에 표류해왔다
우리의 통나무배는 형이 이 일행과 함께 새롭게 상륙
했다.

3

파리 한 마리가 여신의 탯줄 아래 파리 잡는 끈끈이 종
이로 날아갔다
낮이 상냥하게 어두운 밤을 때리는 것처럼

친애하는 조상이여, 그 가랑이 사이의 아직 사용하지
않은 신석기로
　그 녀석을 가볍게 치십시오

4
우리는 죽는 것이 아니라 단지 늙어간다
늙는 것이 아니라 깃털을 변화시켜간다
옛날에는 젊었던 돌의 요람에서
이불보를 바꾸는 넓은 바다처럼

5
그의 낚싯대는 일곱 색깔 무지개
하늘에서 천천히 구부러지며 드리워져
헤엄치고 있는 꿈을 한 마리씩 낚아 올린다

아아, 그의 낚싯대는 무지개색 활
잠재의식에서 날아오른 흑백의 물고기를 한 마리씩 겨
눈다

6
꿀벌이 지하에서 진동한 결과
우리에게는 지진이 일어난다. 그렇지만 지진도
달콤할 수 있다
만약 약간의 꿀이 지표 플레이트의 틈새
마음의 틈새에서 흘러나온다면

7
그녀는 동생을 업고 돌 위에 서서 노래를 불렀다
노랫소리를 들은 신이 가엽게 여겨 하늘로 불러들였다.

　하지만 그녀는 좁쌀이 먹고 싶어 아버지에게
　세 톨을 달라고 해서 하늘로 가져가 씨앗을 뿌려달라
고 했다

　"천둥소리를 듣고 있다면 내가 좁쌀을
　찧고 있다고 생각해줘"

　내려치는 번개를 봤다면 그녀의 생각이 또 찢기는 것

이라고
　　우리는 생각하는 것이다

　　8
　　아직 욕망으로 열린 적이 없었던 그녀의 몸은
　　문도 창문도 없는 콘크리트 방

　　"내 벽에 드릴로 구멍을 뚫어주세요 어머니
　　무수한 벼룩들이 암흑의 시대에서 튀어나오려고 서두
르고 있습니다
　　부드럽게 부풀어 오른 내 '하하비시(음부)'에서 나와
　　빛의 세례를 받도록"

　　9
　　거인 하루스Halus의 가랑이 사이에는 고속운송 시스템
이 숨겨져 있다
　　그 8㎞ 길이의 음경은 가장 탄력 있는 고가도로
　　급류의 계곡을 건너고 산맥을 넘어
　　히카야오써希卡瑤社에서 피안난써皮安南社까지 펼쳐진다

탈 것의 쾌감을 즐기는 아름다운 여자들이여, 조심하
시라
그 육체의 교량이 갑자기 방향을 바꿔
당신들의 어두운 터널로 들어올지 모른다

10
낮은 길고 밤은 너무 짧다.
죽음의 깊은 산골짜기는 너무 멀다
사랑하는 자매들이여, 토란밭은
남자들에게 남기고, 땀은 자신들에게 남겨두자
머리 위에 풀 뽑는 괭이를 뿔처럼 올리고
산양이 되어 나무 그늘에서 더위를 식혀라

당신은 산양
나는 산양
남자에게서 멀어지고 일에서도 멀어져
나무그늘에서 함께 놀며 더위를 식힌다

(1998)

* 검은꼬리꿩은 타이루거(太魯閣) 국립공원에서 볼 수 있는 대만 특유의 희귀 조류이다. 아메이(阿美)족의 기원은 전설에 의하면 대홍수로 카 누를 타고 피난한 오빠와 여동생 남매가 표류하다 대만 동부 해안에 닿았다. 타이야(泰雅)족 창세신화에 의하면 태고에 남녀 두 신이 있었 는데 남녀가 육체적으로 관계 맺는 방법을 몰랐다. 그러나 파리 한 마 리가 여신의 음경에 앉는 것을 보고 문득 깨달았다(아메이족도 이와 유사한 신화가 있다). 싸이샤(賽夏)족의 전설에는 사람은 노인이 되어 도 피부를 벗겨내면 젊음을 되찾을 수 있다고 한다. 아메이족 신화에 의하면 무지개는 원래 태양을 쏘아 떨어뜨린 사냥꾼 아더거(阿德格) 의 일곱 색깔 낚싯대가 변한 것이라고 한다. 또한 지진의 기원에 대해 아메이족 전설에 의하면 옛날에 땅 위에 살던 사람들이 땅속에 살던 사람들과 교역을 했을 때 꿀벌을 마대자루에 담아 땅속 사람들을 속 였기 때문이라고 한다. 파이완(排灣)족 신화에는 남동생을 업고 바위 위에서 노래하고 있던 여자아이를 신이 가련하게 여겨 하늘로 데려갔 다는 이야기가 있다. 뿌농(布農)족의 전설에 의하면 옛날에 아름다운 소녀가 있었는데 음부(뿌농족 언어로 하하비시[hahabisi])가 약간 부 풀어 있고 구멍이 굳게 닫혀 있었다. 소녀의 어머니가 칼로 그곳을 자 르자 안에서 무수한 벼룩이 튀어나왔다고 한다. 타이야족 전설에 의 하면 하루스라는 거인이 있었는데 음경이 엄청나게 커서 그것을 늘리 면 강이 범람했을 때 사람들이 다리 대신 건널 수 있었다. 그러나 미 녀를 보기만 하면 성욕이 일었다고 한다. 뻬이난(卑南)족의 전설에 의 하면 옛날에 두 명의 친한 소녀가 있었는데 어느 날 산토란 밭에서 일 하다가 날씨가 더워 나무그늘에 들어가 시원한 바람을 쐬고 있자니 기분이 좋아졌고, 나중에는 풀 뽑는 도구를 머리에 올리자 산양으로 변했다고 한다.

질투하는 사람에게 보내는 탱고

만약 당신이 사랑을 마치 식기세척기처럼
품는다면 타인의 혀가 핥았거나
남의 나이프와 포크로 잘린 접시 위의
기름때는 무시하는 게 좋다. 수도꼭지를 틀어
씻어내면 된다. 망각은 최고의 세정제
영광스럽고 아름답고 빛나는 부분만 기억하면 된다
사기그릇, 특히 도자기는 깨지기 쉬우니
물로 잘 헹궈서 말려야 한다
아무 일도 일어나지 않은 듯 내일 아침 식사를
새로 태어난 것처럼 맞이할 수 있을 테니까

특히 생명이 점차 정오에 가까워지거나 지나가 버렸다면
젊은 불안은 다시 당신이 있는 곳으로 돌아온다
당신은 전화기를 들지만 통화는 하지 못한다
당신은 의심하고 초조해 하며 두서없이
보이지 않는 연적에게, 그 사람에게 전화를 건다
걸고 또 걸고(아아, 엄청나게 편리한 현대의 통신)
그렇다, 당신의 전화에 응답하는 것은 텅 빈 사발 같
은 오후

그때는 무조건 식기세척기 플러그를 뽑고 뒤엉킨 전화기코드를
  복수의 소스를 묻혔다 생각하고
  파스타처럼 삼키는 것이다
  식기세척기는 금방 그 우아하지 않는 곳을 씻어낼 것이다

  그러나 밤의 어두움은 더 큰 식기세척기
  슬픔 속에서 예전의 접시들이 모두 당신을 향해 내던져진다
  씻어도 씻어도 지워지지 않는 별빛이 접시 밑바닥에 달라붙어 있다
  그 작동하는 식기세척기의 기계음은 무시해라
  고요한 우주 속에서 제거할 수 없는 소리
  먹다 남은 생선 뼈다귀처럼 당신을 에워싼 그림자는
  무시하는 게 좋다. 만약 그녀가 당신 곁에 없다면
  생선 가시가 마음에 걸린다면 토해내는 게 좋다
  하나하나 짜 맞추어 새로운 시를 쓰는 것이 좋다

  (1998)

알루미늄 호일

나를 마셔라
내 피를 마셔라
내 젖을 마셔라
내 침을 먹어라
내 육즙을 마셔라
내 사랑의 액체를 먹어라
내 경련을 마셔라
나의 부정을 마셔라

유통 기한 내에
(제조일자는 관 밑바닥에 있음)

(2000)

소방대장이 꿈에서 본 이집트 풍경 사진

火
火火火
火火火火火
火火火火火火火
火火火火火火火火火
火火火火火火火火火火火
火火火火火火火火火火火火火
火火火火火火火火火火火火火火火
火火火火火火火火火火火火火火火火火
火火火火火火火火火火火火火火火火火火火
火火火火火火火火火火火火火火火火火火火火火
火火火火火火火火火火火火火火火火火火火火火火火
火火火火火火火火火火火火火火火火火火火火火火火火火
火火火火火火火火火火火火火火火火火火火火火火火火火火火
火火火火火火火火火火火火火火火火火火火火火火火火火火火火火
火火火火火火火火火火火火火火火火火火火火火火火火火火火火火火火
火火火火火火火火火火火火火火火火火火火火火火火火火火火火火火火火火
火火火火火火火火火火火火火火火火火火火火火火火火火火火火火火火火火火火

(2000)

〈옮긴이 주〉
* 한자 '불 화(火)'자를 써서 피라미드 형태로 쌓아올렸다.

우리들 생활의 한쪽 구석

우리들 생활의 한쪽 구석에 많은 시가 잠들어 있다
그러나 호적을 관리하는 관청에도 등록하지 않았을뿐더러
구청이나 파출소에서 문패용 지번을 받은 것도 아니다
골목에서 나오자 걸으면서 휴대전화로 문자를 보내다가 너는 조깅하고 있는 선수와 부딪친다
찜찜한 듯 어색하게 웃는 그 얼굴, 매일 밤 젊은 아내를 위해
빨간 스포츠카를 닦고 있는 맞은편 집의 늙은 의사가 떠오른다
원래 그 둘은 장편시의 두 단락

사물과 사물은 서로 소리는 들리지만 왕래는 한정되어 있다
몇 가지는 떠올라 이미지가 되고 다른 한 편으로는 호감을 나타낸다
소리와 냄새는 종종 먼저 한패가 되어 몰래 소식을 주고받는다
색채는 부끄럼을 잘 타는 어린 자매들, 집에서 잠자코

있어야 한다

  예쁜 커튼, 침대 커버, 목욕 가운, 테이블보로 집을 꾸
며놓고 남편이 귀가하면 등불을 켠다. 한 편의 시는 마
치 한 채의 집처럼 달콤한 물건

  하지만 사랑과 욕망, 고통과 근심 걱정을 받아들이고
좋은 것도 나쁜 것도 끌어안는다

  상처를 꿰매기 위해, 콘돔을 받기 위해 병원에 갈 필
요도 없다

  자신들이 각각 윤리, 도덕, 가족계획을 갖고 있지만

  집안이 어울리는지 아닌지는 별문제가 아니다

  물은 우유에 잘 녹아들고 불도 교합할 수 있다

  헤겔*은 바이잔지*를 먹고

  검은 파리는 억지 논리를 편다

  부드러운 흉폭, 귀청이 터질 것 같은 적막

  불륜의 사랑은 시의 특권

  어떤 사람은 은유의 그늘, 혹은 상징의 숲에서 산다

  어떤 사람은 밝은 햇살 속을 오르는 거미처럼 열려 있
고 낙관적이다

또 어떤 사람은 바람을 먹고 이슬을 먹고 정염과 야합하기를 좋아하고

또 어떤 사람은 작은 방으로 나뉜 당신의 뇌 속에서 투명한 실처럼 흩어졌다가

때때로 꿈이나 잠재의식의 실을 잣는 방직기를 가동한다

많은 시들은 습관을 관장하는 방에 감금되어 있다고 한다 당신은 문을 닫고

글의 구절을 찾아 애타게 이리저리 찾아다니며 필사적으로 소리를 지르고

전자 당나귀를 타고 마우스를 몰아 키를 두드리며 탐색한다

창문을 열면 하늘과 땅이 펼쳐져 있고 그들은 거기에 있다

비온 뒤의 자주색붓꽃

학교가 끝나 집에 돌아가는 갈매기 한 무리

기울어진 바다의 파문波紋

토마토와 두부 몇 조각이 들어간 냄비를 끓이고 있는 전자레인지

콩이 조금 필요하다 네가 슈퍼마켓에 들어가면

통조림 통조림 통조림 통조림 통조림 통조림 통조림
통조림 통조림

통조림 통조림 통조림 통조림 통조림 통조림 통조림
통조림 통조림

통조림 통조림 통조림 통조림 통조림 통조림 통조림
통조림 통조림

문득 한 손으로 통조림을 집어 들자 마음이 텅 비어 있
어 그것을

찾고 있었던 것이라고 알아차린다. 원래 비어 있었으
므로 존재했던 것이다

통조림 통조림 통조림 통조림 통조림 통조림 통조림
통조림 통조림

통조림 통조림 통조림 통조림　　　　통조림 통조림
통조림 통조림

통조림 통조림 통조림 통조림 통조림 통조림 통조림
통조림 통조림

감 한 알이 외롭게 계산대 위에 있고 네가

찬탄贊嘆의 소리를 지른다. 감 한 알이 외롭게 계산대 위에 있고

한 행의 글자가 한 채 집이 된다

일본 혹은 성당盛唐*의 절구絶句에서 이민 온 것이라고 너는 생각한다

그러나 너는 전혀 개의치 않는다. 이를테면 그것들을 전부 작은 쇼핑백 하나에 담을 수 있다 해도 개의치 않는다

(2000)

〈옮긴이 주〉

* 헤겔(Hegel, GeorgWilhelmFriedrich, 1770-1831) : 독일의 철학자. 절대적 관념론 철학을 완성한 근세의 체계적 형이상학자.

*바이잔지(白斬雞) : 중국식 닭백숙 요리. 닭을 통째로 삶은 후 조각조각 찢어 양념에 찍어 먹는 중국요리.

*성당(盛唐) : 당(唐)나라 300년은 시에 있어서 황금시대로 당시(唐詩)를 초당(初唐), 성당(盛唐), 중당(中唐), 만당(晚唐)의 넷으로 구분한

다. 그중 성당(盛唐)은 당나라의 전성기이자 시문학이 가장 융성했던 시기로, 현종(玄宗) 원년(713)부터 숙종(肅宗) 2년(761)에 이르는 48년간을 말한다. 성당 전반기에는 이백(李白), 후반기에는 두보(杜甫)가 활약하였다.

쿠빌라이 칸의 땀

수도에서 쿠빌라이 칸이
이동할 수 있는 거대한 궁전을 지으라고 명령했다
"짐은 움직이지 않는 것은 필요 없다. 고정된 방에서
고정된 향수를 뿌리고
같은 식으로 신음소리를 내는 여자들에게 이젠 질렸다
비빈들은 만 명도 넘지만……"
기업 경영에 정통한 이탈리아의 고문은
면밀히 계산해서 후궁들을 여섯 명씩 한 조로
혹은 세 명이나 다섯 명씩을 한 조로 나눠서
한 번에 사흘 밤을 계속해서 다른 방향에서
다른 대형으로 순번을 정해 왕을 모시게 했다

술, 아편, 꿀, 지구의, 가죽채찍, 성인용품 진동기, 성
경, 야한 속옷
"나는 멈추지 않고 움직일 수 있다. 멈추지 않고 흥분
하고,
멈추지 않고 정복하고, 멈추지 않고 오르가즘이 계속
된다……"

그러나 이것은 수학적인 문제가 아니고
군사문제도 아니고 의학의 문제도 아니다

"이것은 철학적인 문제다"
궁전 밖에서 중용되지 못한 페르시아 여행가가 말했다
"시간은 변화를 잉태하는
최고의 최음제다"

(2000)

나비 미혹의 기록

그 소녀가 나에게 왔다
한 마리 나비처럼 꼼짝하지 않고
소녀는 교단 바로 앞자리에 앉았다
머리에 고운 색깔의 머리핀
나비 위에 나비가 앉은 것처럼

이 바닷가 중학교에서
20년 동안 얼마나 많은 나비가
이 교실로 들어오는 것을 보았던가
사람 모양, 나비 모양을 하고
청춘과 꿈을 안고서

아아, 로리타여!

가을날 오전
햇볕이 따스한 날, 산뜻한 노란 배추흰나비
한 마리가 창문으로 들어와
집중할 수 없는 선생님과 열심히
수업을 듣고 있는 열세 살 소녀 사이를 맴돌았다

가위처럼 반짝이는 색과 모양에서
피하려고 그녀는 갑자기 자리에서 일어났다
나비를 무서워하는 나비가 있고
그것을 무서워하는 그녀
그 아름다움에 당황하는 나

(2001)

혀

그녀의 필통 속에 나는 혀 일부를 넣어두었다. 그런 연유로 그녀가 필통을 열고 새 애인에게 편지를 쓸 때마다 내가 중얼중얼 말하는 소리가 들린다. 마치 한 줄 조잡한 글자가 쉼표와 쉼표 사이에서 새로 깎은 연필의 움직임에 따라 사박사박 소리를 내는 것 같다. 그 소리에 그녀는 손을 멈추지만 내 목소리라는 것은 알지 못한다. 지난번 마지막으로 만난 후로 나는 한 번도 그녀의 귀에 대고 말을 하지 않았으므로 그녀는 내가 계속 침묵하고 있다고 생각한다. 그녀가 다시 한 줄을 쓰자 획수가 많은 '사랑愛'이라는 글자가 조금 엉망이라는 것을 알아차린다. 그리고는 지우개라고 착각하여 내 혀를 꺼내 종이에 세게 문질러서 지운다. 사랑이라는 글자가 사라진 곳에 피가 흠뻑 묻어 있다.

(2002)

연재소설 '황차오黃巢* 살인 팔백만'

1095

殺殺殺殺殺殺殺殺殺殺殺殺殺殺殺殺殺殺殺殺殺殺殺殺殺殺殺
殺殺殺殺殺殺殺殺殺殺殺殺殺殺殺殺殺殺殺殺殺殺殺殺殺殺殺
殺殺殺殺殺殺殺殺殺殺殺殺殺殺殺殺殺殺殺殺殺殺殺殺殺殺殺
殺殺殺殺殺殺殺殺殺殺殺殺殺殺殺殺殺殺殺殺殺殺殺殺殺殺殺
殺殺殺殺殺殺殺殺殺殺殺殺殺殺殺殺殺殺殺殺殺殺殺殺殺殺殺
殺殺殺殺殺殺殺殺殺殺殺殺殺殺殺殺殺殺殺殺殺殺殺殺殺殺殺
殺殺殺殺殺殺殺殺殺殺殺殺殺殺殺殺殺殺殺殺殺殺殺殺殺殺殺
殺殺殺殺殺殺殺殺殺殺殺殺殺殺殺殺殺殺殺殺殺殺殺殺殺殺殺
殺殺殺殺殺殺殺殺殺殺殺殺殺殺殺殺殺殺殺殺殺殺殺殺殺殺殺
殺殺殺殺殺殺殺殺殺殺殺殺殺殺殺殺殺殺殺殺殺殺殺殺殺殺殺
殺殺殺殺殺殺殺殺殺殺殺殺殺殺殺殺殺殺殺殺殺殺殺殺殺殺殺
殺殺殺殺殺殺殺殺殺殺殺殺殺殺殺殺殺殺殺殺殺殺殺殺殺殺殺
殺殺殺殺殺殺殺殺殺殺殺殺殺殺殺殺殺殺殺殺殺殺殺殺殺殺殺
殺殺殺殺殺殺殺殺殺殺殺殺殺殺殺殺殺殺殺殺殺殺殺殺殺殺殺
殺殺殺殺殺殺殺殺殺殺殺殺殺殺殺殺殺殺殺殺殺殺殺殺殺殺殺
殺殺殺殺殺殺殺殺殺殺殺殺殺殺殺殺殺殺殺殺殺殺殺殺殺殺殺
殺殺殺殺殺殺殺殺殺殺殺殺殺殺殺殺殺殺殺殺殺殺殺殺殺殺殺
殺殺殺殺殺殺殺殺殺殺殺殺殺殺殺殺殺殺殺殺殺殺殺殺殺殺殺
殺殺殺殺殺殺殺殺殺殺殺殺殺殺殺殺殺殺殺殺殺殺殺殺殺殺殺
殺殺殺殺殺殺殺殺殺殺殺殺殺殺殺殺殺殺殺殺殺殺殺殺殺殺殺
殺殺殺殺殺殺殺殺殺殺殺殺殺殺殺殺殺殺殺殺殺殺殺殺殺殺殺
殺殺殺殺殺殺殺殺殺殺殺殺殺殺殺殺殺殺殺殺殺殺殺殺殺殺殺
殺殺殺殺殺殺殺殺殺殺殺殺殺殺殺殺殺殺殺殺殺殺殺殺殺殺殺
殺殺殺殺殺殺殺殺殺殺殺殺殺殺殺殺殺殺殺殺殺殺殺殺殺殺殺

殺殺殺殺殺殺殺殺殺殺殺殺殺殺殺殺殺殺殺殺殺殺殺殺
殺殺殺殺殺殺殺殺殺殺殺殺殺殺殺殺殺殺殺殺殺殺殺殺
殺殺殺殺殺殺殺殺殺殺殺殺殺殺殺殺殺殺殺殺殺殺殺殺
殺殺殺殺殺殺殺殺殺殺殺殺殺殺殺殺殺殺殺殺殺殺殺殺
殺殺殺殺殺殺殺殺殺殺殺殺殺殺殺殺殺殺殺殺殺殺殺殺
殺殺殺殺殺殺殺殺殺殺殺殺殺殺殺殺殺殺殺殺殺殺殺殺*

(계속)

(2004)

〈옮긴이 주〉

* 황차오(黃巢, ?-884) : 중국 당나라 때의 농민 봉기 지도자. 당나라
  말기 약 10년간에 걸쳐 일어난 농민 대반란으로, 875년 산둥성에서
  소금을 밀매하던 황차오가 주도하였다. 당시 당나라에는 환관들의 횡
  포와 지방 번진의 세력이 늘어나고, 부상(富商)·토호(土豪)는 땅을
  모았으며, 부세(賦稅)와 소금·차의 독점 판매에 의한 수탈이 심했다.
  이에 땅을 잃은 유민들과 가혹한 착취에 시달리던 소금 밀매 상인들
  은 도적떼가 되었다. 난은 일어난 지 10년 만에 평정되었지만 이로 인
  해 당나라는 멸망하였다.
* 살(殺) : 이 시에서 죽일 '살(殺)'자는 '죽여', 또는 '죽이다'라는 의미로
  쓰였다.

소우주 2

2
앞다투어 노래한다
0세의 늙은 매미가 0세의 어린 매미에게
"생일 축하해"라고 노래한다

12
다우大武*의 바다, 차창으로 보면 평평하게 정돈된
차가운 파란 케이크, 기차가 움직이기 시작하면
바다는 냉장택배용 투명 식품 선반이 된다

17
바람 부는 아파트
1만의 커플들이 집단 임신하는
꽃가루의 홈 파티

33
친절하게 서비스를 하고 깨끗하게 테이블을 닦는
여종업원은 그 매끈한 팔에 달라붙은 기름기 번들거리는
너의 시선은 닦기 어렵다는 것을 알아채지 못한다

47
너의 목소리가 내 방에
틀어박혀 침묵을 찢어발기더니
뜨거움과 차가움으로 말하는 전구가 되었다

57
길가에 차를 세우고 누워있는데 코에
맑고 푸른 하늘을 바라보는 코끝에 벌레가 한 마리
산 정상에 오른 것처럼, 그때 내 몸은 고향의 산줄기
로 바뀌었다

60
바쇼芭蕉에게 하이쿠를 맡기고 오쿠노 호소미치奧の細道*
라
일컬어지는 심오한 작은 길을 가게 한다. 나의 빠쟈오
芭蕉*는
당신의 심오한 작은 길에 대해 쓰기로 했다

63

새끼손가락에 상처가 생겨 코를 후빌 수 없다
오늘 밤 별빛은 어두운 콧구멍에 붙어있는
코딱지처럼 떨어지지 않을 것 같다

64

오전에 강한 지진이 일어나 화장대에 있던 어머니의
진주 귀걸이가 사라졌다. 오후에 다시 강한 지진이 일
어나
어머니의 진주 귀걸이가 제자리로 돌아왔다

66

지진으로 감옥을 둘러막은 큰 담장이 무너져 탈옥자가
속출했다
탈옥자로서 아직 잡지 못한 부류 중에는
2마리의 셰퍼드 개, 쥐 86마리와 바퀴벌레가 있다

69

이 세상에서 뭐가 가장 클까──우주? 황제? 신? 죽

음?

G컵 브래지어? 먹는 것?──

난 대변부터 먼저 보고 와야겠다

72

신의 부재에 의해 사람은 신화를 만들고

죽음이 생보다도 큰 장소를 차지해서 귀신 이야기가
끊이지 않는다

인간적인 것 좀 말하면 안 되겠어? "젠장!"

99

우리는 시의 형식에 점점 더 깊이 빠져들지만

세계는 여전히 우뚝 솟은 바벨탑처럼 혼란스럽고

허구에 의지한 우리는 편향된 글을 유지하고 있다

(2006)

<옮긴이 주>

* 다우(大武) : 대만 동남부 타이동현(臺東縣)에 위치하며, 대만 간선 철도 중 유일하게 남아 있는 비 전화 철도인 난후이선(南迴線)의 기차역이 있고, 이 완행열차가 지나는 구간은 아름다운 풍광으로 유명하다.

* 오쿠노 호소미치(奧の細道) : 일본의 대표적인 고전문학. 일본 에도(江戶)시대의 하이쿠(俳句)의 대가였던 마쓰오 바쇼(松尾芭蕉, 1644－1694)가 1689년에 에도를 출발하여 간토(関東)·도후쿠(東北)·호쿠리쿠(北陸)·기후(岐阜) 등 여러 곳을 5개월간 여행하며 쓴 기행문.

* 빠쟈오(芭蕉) : 파초나 바나나는 같은 파초과이다. 파초는 5m 정도 자라고 바나나는 10m 정도 자라며, 같은 열대, 아열대 식물이다. 파초는 과실이 열리지 않으며 화초용 또는 약용으로 쓰이고, 바나나는 과일을 수확한다. 이 시에서는 일본 하이쿠의 대가인 마쓰오 바쇼의 이름과 한자가 똑같은 바나나파초를 의인화해서 빗댔다.

밤의 노래 2편
— 몽유병 여자의 노래

잠을 자지만 자신이 이미 자고 있는지 모른다.
살아있지만 인생이 꿈같은 것인 줄 모른다

눈을 감고 지구를 이리저리 돌아다니며 놀고 있지만
알껍질 위를 걷고 있는지 모른다
사방은 매끈매끈한 꿈의 절벽
나를 유인하여 뼈와 살을 깎아낸다

애인의 침대 앞으로 가서
칫솔을 들고 치약을 묻혀 그의 구두를 닦는다
우리의 맹세 여행 준비를 하는 것이다
그는 자고 있고, 두 사람의 밤이 아직도 길다는 것을
모른다

연적의 창 앞으로 가서
그 커튼을 닫고 그녀의 수탉의
목을 단숨에 배어버리고 그녀의 자명종 태엽을 비틀어
서 끊는다
그녀가 계속 잠에서 깨지 않고 영원히 태양도 보지 않

기를 바란다

살고 있어도 조용히 살고 싶지는 않다
자고 있어도 여기에서 자고 싶지는 않다

(2007)

슬로우 시티

산은 천천히
바람도 천천히
구름도 부드럽게 천천히
딱따구리가 글자를 칠 때도 천천히
빵이 빵나무에서 떨어질 때도 천천히
바다가 화장지를 꺼낼 때는 아주 빠르다

기차도 천천히
신문도 천천히
은행강도 악당이 총 뽑을 때도 천천히
정당 교체도 천천히
백화점 개점도 천천히
아칭阿卿* 아줌마가 창을 닫지 않고 목욕한다는 소문은
아주 빨리 퍼진다

오후도 천천히
빛도 천천히
철학자가 순두부 먹을 때도 천천히
흰 눈과 통할 때도 천천히

꿈이 유통기한에 다가갈 때도 천천히
쾌락이 분류되고 회수되는 것은 아주 빠르다

(2008)

〈옮긴이 주〉
* 아칭(阿卿) : 여성에게 친근함을 나타낼 때 부르는 이름.

펄펄 날다

그녀는 나뭇잎과 엽록소를 포함한
모든 천연 또는 유기농 식품을
먹는 것을 좋아한다

그녀는 내게도 나뭇잎을 먹으라고 했다
그것들은 내 몸에서 천천히 자라
내 하체를 가리는 팬티가 되고
잘 차려입은 젊은 남녀들에게 지지 않으려고 기 싸움
하는
나의 폴로셔츠와 조깅 바지, 턱시도가 되었다

그녀는 사람의 가죽을 걸친 여우
그녀는 나무껍질과 나뭇잎으로
나를 향한 사랑을 내 몸에 걸쳐주며 나를 빛나게 했다

그녀와 나는 나비처럼 날았다
우리는 공중제비를 돌며 즐겁게 날다가 서로 목을 대고
인간 세상에 있지 않은 것처럼 교미했다

그러나 해서는 안 되는 것이겠지만
나는 갑자기 회가 먹고 싶어졌다
클럽에서 그 인어들은
그녀들의 배를 이용해 그녀들은 가슴으로 나를 먹였다
나는 그녀들의 친밀한 기쁨에 합류했다

나는 결국 물고기 한 마리의 꼬리가 되었다.
비늘이 벗겨진 물고기가 집으로 돌아오는 길에
몸에 걸친 바지 단추가 죄다 낙엽으로 변해
땅에 떨어지는 것을 보았다

(2009)

〈저자 주〉
* 이 시는 청나라 푸쑹링(蒲松齡)이 쓴 『요재지이(聊齋誌異)』에서 이야
  기를 전환해서 썼다.

곤충학

곤충들의 라틴어 학명은 다 길었다
읽기도 몹시 어려웠다
곤충들의 날개와 자태는 다 가벼웠고
몹시 형이상학적이었다
아주 쉽게 공중에 진입해서
학교를 자주 빼먹었다

(2010)

남은 시문

——찢어진 여우 가죽에서 나는

냄새

    당신
         멀리 간 것

나
오늘 밤

    오늘 밤

(2010)

아이슬란드

1954년 아이슬란드에서 태어난 그녀
인터넷 보도에 의하면 그저께
아이슬란드 최초의 여성 총리와 결혼했다고 한다
아이슬란드는 몹시 춥지만 예법과 도덕에 따른
허무라는 얼음과 눈으로 사방이 둘러싸여
인간 세상의 추위는 없으리라

그녀들은 냉장고 밖으로 나와
그녀들 자신의 소시지와
핫도그를 구웠다

(2010)

〈저자 주〉
* 아이슬란드의 동성 결혼법은 2010년 6월 27일 발효되었다. 아이슬란드
의 첫 여성 총리인 요한나 시귀르다르도티르(Jóhanna Sigurðardóttir,
1942-)는 이날 오래전부터 공개적인 연인으로서 동거해온 극작가 조니
나 레오스도티르(Jónína Leósdóttir, 1954-)와 결혼했다.

진나라

아직 청나라라는 이름을 갖기 전의 '진나라!

지나*라는 발음에 꽤 근접한

중국의 다른 이름인 '秦(Qín)'의 와전

차이나가 왕조 이름으로서 하나의 왕조를

대문자로 쓰는 중국, 청동기를 거쳐 철기로 바뀌었지만

소문자는 사기그릇처럼 얼마나 깨지기 쉬운 물건인가

진시황, 중국 첫 번째의 황제, 선인을 찾아 불로장생

약을 구했던 당신

50세 무렵부터는 당신의 제국은 더 확장되지 못했고

15년도 못 갔다

전설 속 당신의 아방궁은 형체를 이뤘지만

만리장성과 어찌 비교하리요. 당신이 발동한 분서갱유

후세의 제1차 문화대혁명의 본보기가 되었다. 유일하

게 남겨진 의약.

점을 쳐 나무를 심는 책, 모두에게 의술과 점괘를 배

워 돈을 벌라고 장려한

녹색 환경보호의 개념을 부르짖은 당신은 병마용을 거

느리고

지하로 들어가 시간과 작전하며 당신의 왕릉 속에 잠

겨버렸다

대규모의 조용한 혁명이 엄격한 군기로 삼엄해진 질서
2천 년을 기다렸다가 출토되어 또다시 천하를 놀라게
했다

(2013)

〈옮긴이 주〉
* 지나(支那) : 중국의 다른 명칭. 최초로 중국을 통일한 '진(秦)'의 음
'chin'에서 유래하여 서방에 치나(Cina) 또는 틴(Thin)으로 전해졌을
것이라는 설이 유력하다. 한문으로 번역된 불교경전에 '支那'로 음역
(音譯)된 후로는 이 말이 일반화되었다. 영어의 '차이나(China)'도 여
기에서 파생된 말이다.

베이징

소가 스스로 북경에 온다 해도 소는 소다
진짜 소라니까! 한 마리 소를 끌어다 콘세르트허바우*
앞에 세워 놓고
마치 한 대의 슈타인웨이 피아노를 마주한 것처럼

쇠귀에 연주(우이독경)라고들 말하지만
연주만은 제발, 제발, 제발 하지 말아줘

(2014)

〈저자 주〉
* 네덜란드에는 로열 콘세르트허바우 오케스트라가 있다. 악단 이름이
  '콘세르트허바우'인데 네덜란드어로 콘서트홀이라는 뜻이다. 그 콘서
  트홀이 바로 이 오케스트라가 소속한 곳이다.

미래 북방의 강
— 왕자신王家新에게

미래 북방의 강은
단 것인가? 쓴 것인가?
인민처럼 무거운가? 언어처럼 가벼운가?
상하이의 홍팡웬紅坊園 지역 원이뒤開一多* 동상 앞에서
나는 견문 많고 식견 높은 시인의 말을 들은 것 같다
한 차례의 문화대혁명은 고인 물死水*처럼
넘치고도 남았다
남은 것은 시와 미의 반격과
반혁명……
남쪽 쑤저우蘇州의 네온사인, 갑자기 전기가 끊긴 호숫
가 술집의
버드나무 아래서 그대는 깊이 취한 하룻밤의 호수 빛과
넘치는 맥주의 거품으로 환한 밤이 흐르는 곳에 놓인
다섯 가지의 흑과 열두 가지의 어둠 속에서
그대는 가장 비천하고 의연한 별이었다
그대는 한밤의 파울 첼란
나는 호수에 남아 있는 딸 수 있는 연꽃과 그대의 시
속에 남아있는
귤을 더 많이 획책하고 싶었다

나는 북방의 강을 따라 섬 가장자리의 화롄花蓮*으로 흘러왔다

　경계와 국적을 넘나드는 언어의 은하수면 족하다

　'번역자가 된 시인'으로

　완안萬安 공동묘지*의 무딴穆旦*과

　따이왕수戴望舒*의 무덤 앞에서 우리는 모두

　제한을 받지 않는 자유체라고 동의했다

　그들이 지하에서 가슴에 쌓인 분노를 오늘 밤의 향산香山*으로 번역했다

　하늘 가득 흐르는 라일락꽃 별빛으로

(2014)

〈저자 주〉

* '미래 북방의 강'은 루마니아 시인 파울 첼란(Paul Celan, 1920-1970)의 시 구절이며, 중국 시인 왕자신(王家新)이 주관하는 중국인민대학문학원 국제시작센터 '웨이보'의 명칭이다. 2014년 5월 필자는 인민대학 주재 시인으로 초청을 받아 왕자신을 따라 상하이, 쑤저우, 베이징의 향산 등지를 여행했다.

〈옮긴이 주〉

* 사수(死水) : 중국시인 원이둬(聞一多)의 시 제목. 1925년 미국에서 귀
  국한 원이둬는 중국의 부패한 국정과 사회를 시로 표현했다. '사수'는
  중국어로 고인 물이라는 뜻으로, 고인 물이 썩어 악취를 풍기는 현상
  을 빌어, 시 「사수」에 당시의 부패한 사회를 풍자하고 사회현실에 대
  한 불만을 토로했다.

* 원이둬(聞一多, 1899-1946) : 중국 후베이성(湖北省) 시수이(浠水) 출
  생. 칭화(淸華)대학 졸업. 그림공부를 위해 미국으로 유학했으나 서양
  의 근대문학, 특히 영시에 큰 관심을 갖고 문학으로 전향한다. 귀국
  후에는 잡지 『신월(新月)』을 중심으로 시와 시론을 발표하였고, 격률
  시(格律詩)를 제창한다. 우한(武漢)대학, 칭다오(靑島)대학 등을 거쳐
  1932년 모교인 칭화대학 중국문학 교수로 취임한 후로는 오직 당시
  (唐詩)와 『시경(詩經)』 『초사(楚辭)』 등 중국 고전연구에만 몰두한
  다. 중일전쟁 중에 쿤밍[昆明]의 시난(西南)연합대학으로 옮겨간 뒤
  정치운동을 하다가 암살당한다. 시집으로는 『홍촉(紅燭)』(1923), 『사수
  (死水)』(1928) 등이 있으며, 고전연구의 저서로는 『역림경지(易林瓊
  枝)』 『악부시전(樂府詩箋)』(1940), 『시경신의(詩經新義)』(1945) 등이 있
  다.

* 화롄(花蓮) : 천리 시인의 고향이며, 대만의 중동부에 위치한다.

* 완안(萬安) 공동묘지 : 베이징 시 서쪽 교외의 향산(香山) 난루(南麓)
  에 위치한 공동묘지.

* 무딴(穆旦, 1918-1977) : 중국의 현대문학가. 난카이(南開)대학 영문
  과 교수 역임. 심오한 사유가 내포된 현허(玄虛)한 미의 현대풍과 애
  국적인 우국충정이 넘치는 시를 주로 썼다. 주요 저서로 『탐험자』 『무
  단시집』 등이 있다.

* 따이왕수(戴望舒, 1905-1950) : 현대시파(現代詩派)의 대표자 중 한
  사람인 중국의 시인. 항일전(抗日戰)이 벌어진 후로는 시풍(詩風)이

120

일변하여 홍콩에서 항전시(抗戰詩)를 발표했다. 시집에는 『나의 기억』 『망서초(望舒草)』 등이 있고, 프랑스를 중심으로 많은 외국문학을 번역했다.

* 향산(香山) : 베이징 서북쪽 교외에 위치하며, 12세기부터 13세기에 걸친 금나라 때는 황제의 수렵장이었고, 원·명·청대를 거치며 그 시대를 대표하는 사원이나 누각 등의 건축물이 세워졌다. 전형적인 삼림공원으로 고목이 무성하고 원림이 그윽하며 경치가 아름답기로 유명하다. 특히 단풍이 아름다워 가을의 단풍놀이는 베이징 사람들에게는 큰 행사 중 하나이다.

연꽃가게

당신은 나에게 "팡얼方兒아, 연꽃이 어떻게 생겼는지 보고 싶구나."라고 말했다. 많이 아프셨던 할머니의 병세가 더욱 심해져 엄마는 당신 몸에 세균이 있으니 같이 자지 말라고 당부했다. 그날 아침 당신은 일찍 일어나 집에 오셔서 몸을 깨끗이 씻은 후에 가장 좋아하는 옷으로 갈아입으셨다. 우리는 쟈오링焦嶺에 있었다. 당신은 남쪽으로 가자고 했다. 메이센梅縣에는 매화만 있고 연꽃은 없다고 내가 말했다. 당신은 동남쪽으로 가자고 했지만 나는 강남 쪽으로 가라는 말로 들렸다. 교과서에는 강남에서 연꽃을 딸 수 있고 연잎이 수면을 뒤덮고 있다고 쓰여 있었다.

당신은 가고, 밤이 되자 차가운 쟈오링의 가을 산에서 눈을 감고 매화 한 송이처럼 가만히 있다. 나는 울지 않고 연꽃이 어떻게 생겼는지 말해주겠다고 했다. 그들은 나에게 결혼놀이를 가르쳐 주었다. 동남쪽으로는 바다가 펼쳐져 있고 또 그 동남쪽으로는 섬이 있다. 나는 섬의 남동쪽에 있는 큰 바닷가에 왔다. 내 가짜 남편은 나에게 진짜 살이 많은 바나나를 주면서 쟈오링엔 바나나가 없다고 했다. 이번엔 내가 울었다. 그는 나에게 행복

하냐고 물었다. 전에 당신은 바나나 껍질만 먹였지만 이
번엔 바나나즙을 먹여주겠다고 했다. 그 역의 표지판에
는 두 개의 커다란 글자가 빛나고 있었는데 난 줄곧 그
것을 연꽃이라고 착각했다. 쟈오링을 넘어가면 바로 메
이센이다. 청춘을 넘어가면 낯설거나 혹은 낯설 것도 없
는 따오향稻香 마을이다. 동남쪽에서 연꽃을 딴다. 연꽃
은 매화꽃에 비해 짠맛이 난다. 바닷가의 소금기를 바닷
바람이 눈물을 약간 연꽃 맛으로 불어넣어 주었으리라.
나는 휴대폰을 샀다. 할머니 제가 연꽃을 한 송이 한 송
이 찍었어요. 그 연꽃의 얼굴을 모두 페이스북에 올려놓
았는데 할머니 보셨나요? 당신은 말씀하셨지요. 팡얼아,
만 권의 책을 읽고 만 리 길을 여행하렴⋯⋯.

(2013)

공작새

하노이 시에서 300㎞ 떨어진
내가 자란 마을의 드넓은 밭에 서 있다
우리가 있는 곳은 푸르고 밝은 하늘
멀지 않은 곳에 하늘만큼 푸른 하롱베이
그리고 우연히 머리 위로 날아가는 기계 새
언니는 그건 새가 아니라 비행기라고 말했다
(그녀는 나중에 한국으로 시집갔다)
비행기를 한 번이라도 탈 수 있다면 얼마나 좋을까
죽어도 원이 없겠다는 말을 하고 싶었다

열아홉 살의 나는 밭에서 집으로 걸어왔다
그 소년은 아열대의 섬에서 와
우리 마을을 이틀 밤이나 돌아다니더니
겸연쩍은 표정으로 나에게 말을 걸었다
흙투성이의 당신 손을 봐도 될까요?
나는 당신과 친구가 되고 싶습니다

스무 살의 나는 기계 새 위에 앉아
그와 함께 아열대 섬으로 날아왔다

124

개구리 한 마리가 초록빛으로 짙게 물든 밭도랑에서
넓고 푸른 큰 바닷가로 날아올랐다
그들은 이곳의 좋은 산과 좋은 물이 몹시 지루하다고 말했지만
나는 좋은 산과 좋은 물이 아주 번화하다고 말했다
기우뚱거리며 교차하는 거리
크고 작은 상점, 병원, 학교……
나는 아이를 가르쳐야 했으므로 이곳 초등학교를 한 번 더 다녔다
내 배 속의 아이는 이 섬나라의 국가를 부를 것이다
나는 한 번 더 중학교에 다녔다
언젠가는 내 아이와 함께 인터넷을 써야 하니까
왼손은 뽀포모퍼ㄅㄆㄇㄈ*를 치고 오른손은 누르고
ABCD로 전 세계를 유람할 것이다

내가 고향을 생각하면서 남몰래 눈물을 훔치는 것은
밭에서 일하고 돌아온 부모님 몸에서 흘러내리는
빗물과 땀을 닦는 것과 같다
내가 베트남어로 노래를 부르며

두 살배기 딸아이를 달래고 재우거나
베트남어로 말을 하면
네 살배기 아들은 눈을 동그랗게 뜬다
언젠가 아이들이 고전에서 읽은 시
'새 둥지 넘어 남쪽 가지'의 구절처럼
이 섬에서 아이들은 남쪽을 향해 저 멀리
투명한 하늘과 신비로운 푸른 둥지를 바라보며
저 너머가 우리 엄마 고향이야 라고 말할 것이다
그것은 우리 외할아버지 외할머니가 하롱베이에서
지어주신 하늘의 성城이라고

(2013)

〈옮긴이 주〉
* 뽀포모퍼(ㄅㄆㄇㄷ) : 주음부호로 1912년 중화민국 정부가 제정,
  1918년 공포하여 1930년 현재의 이름으로 개명했다. 현재는 37개의
  자모가 있다(자음 21개, 개음 3개 및 운모13개). 중화민국은 건국 초
  기부터 주음부호를 국어(현재의 표준 중국어)의 주요 발음 부호로 사
  용해 왔으며, 초등학교 국어교육에서 필수이다. 현재 중화민국의 정
  통이라고 여기고 있는 대만은 계속 주음부호를, 중국은 1958년부터
  한어병음방안을 사용하고 있다.

중앙분지를 꿈꾸며

1. 고산족의 민간 무도舞蹈

이번엔 아일랜드로 항해하는 것이 아니라
꿈꾸는 가벼운 배를 타고 되돌아왔다
섬의 중앙과 물에 잠긴 흰 사슴
사슴의 뿔과 뿔이 번쩍이는 힘으로 빛을 발하며
분지를 지키고 있는 밍탄明潭*은 츄안산船山 아이란愛蘭
을 향해

청풍에 노 저으며 내가 다시 찾아보리라
분지를 나무절구 삼아 방아를 찧으며 노래 부르는
고산족의 민간 무도──지난번에 들었을 때
(아! 벌써 반세기가 지났구나)
겨우 2백여 명 남짓한 부족사람들 전체의 합창

통쾌하다 통쾌해 그동안 아무도 들어가 보지 못한
호수에 카누를 띄우고 술을 따르고
큰 물결은 즉흥적으로 끝없이 밀려오고……
그 익숙한 노랫소리는 오늘날 더욱 감미롭구나

그러나 노래 부르는 사람들은 갈수록 줄어든다

호수는 반짝이고, 좁쌀이 익었다
소녀와 어린아이들을 데려와 함께 도와라
수확과 풍작을 위해 함께 즐겁게 노래하자
단계마다 찧을수록 소리가 나고 울릴수록 소리가 난
다.
점점 높아지는 음향, 대지로 돌아오는 꿈, 땅에는 새
와 소외양간

이 섬 중앙에는 크고 작은 분지가 얼마나 많은가
도리이 류조鳥居龍藏*는 얼마나 많은가?
셀카, 전송, 업로드할 시간이 없다
페이스북의 서로 다른 사회 계층과 남녀의 얼굴
얼마나 많은 도리이 류조가 왔었는지 말해보라

아아, 사람들이 점점 줄어들고 있다 이 종족들이
다른 빛깔과 광택을 내는 언어는
별똥별처럼 사라져 가는데……

호수 빛이 맑고 깨끗하다
달빛의 차가운 노랫소리가 들린다
크고 작은 분지에 서서 소리를 내며 밝게 찧고 있다

2. 중앙의 꿈

꿈의 중앙분지 입구에 츄안산船山이 서 있다.
입항도 출항도 하지 않는 큰 배가 입항해서 수천 년간
을 정박해 있다
뱃머리는 싱링사醒靈寺와 기독교병원
배 후미는 달콤한 물이 솟아나는 티에산리鐵山里
배의 이름은 우뉴란烏牛欄 혹은 익명으로 아이란愛蘭이라
부른다
이 얼마나 평온하고 우아하게 잠을 자는 자세인가!
평온한 모든 분지 사람들의 수면과 보물단지
아이들의 꿈과 봉우리들의 우아한 자태
나는 샌들을 신고 이 꿈의 대지에 다시 올랐다
새하얀 죽순밭이 휘영청 밝고 새하얗게 돋은 죽순이
내 하얀 발가락을 향해 인사한다

크고 작은 돌멩이가 쌓여 있는 빨래터 굴 앞에서
여자들이 빨래하는 것은 세탁기로 빨 수 없는
방금 더러워진 구름 송이의 테이블보
깨끗한 하늘, 마음처럼 깨끗한 기분
깨끗한 테이블보로 바꿔 깔아야지!
그럼 천하의 일등 샘물은 대지 아래의 술공장에게 선택받아
일당 4전의 급여를 받는 짐꾼으로 바뀐다
우뉴란烏牛欄 지역의 후예인가 아니면 따마린大馬璘인가
원주민과 한인漢人의 혼혈인가? 청정지역의 좋은 물이
좋은 술도, 좋은 종이도 만든다.
그렇게 한 장씩 쌓아올린 수제 종이는 바로 구름 위에서
대작하는 술 신과 미의 여신을 이어주는 구름다리가
아니었을까?

3. 종이 교회당

이번 항행 방향은 독립된 섬을 찾는 것이 아니다.
그것은 이미 독립했다. 독립으로 하늘이 흔들리고

땅이 갈라지고 분지 마을의 물가는 텅 비어 있다
쉰여덟 개의 종이 기둥이 받치고 있는 꿈의
종이 교회는 마치 하늘에서 내려온 것처럼 초연하게
여러 신앙을 가지고 모든 정치와 종교의 분쟁 위에
조용히 서 있다 그 그림자는 노란 대초롱처럼 물 위에
떠서
눈부시게 빛을 낸다 물이 깊고 넓게 넘쳐흐르는 것은
따뜻함과 함께 희망을 품고 있어서다

시를 쓸 때처럼 가볍게 하얀 종이에 쓰자
무심코 세상을 떠받쳐서 목숨을 부지하는 감당할 수
없는 무게
당신이 섬세한 심전心電으로 그것을 밝혀라
만약 사랑이 있다면 손가락 하나하나가 다 선녀봉이
다.
그 빛에 들어가고 그 넓이에 들어가
모래 한 알 한 알이 얼마나 많아야 모래사장을 이루고
서로 뒤엉켜서 풍요롭게 섬 동서남북의 물과 모래,
해안이 연결되어 일파만파로 다른 피부색과 다른 언어

계통,
　　다른 성조의 파도로 끌어들일 것이다

　　쌀 한 톨의 넓이가 어느 정도인지
　　만약 다행히 인식하는 것과 인식 못 하는 쌀을 섞어 밥
을 지으면
　　하늘의 소리에서 들리는 뚜껑 닫힌 분지의 냄비 속에
　　(아, 호수 빛 반짝, 좁쌀은 익었네)
　　그 쌀알이 어찌 우리 침과 함께 가벼이 식도를 지나겠
는가
　　꿈 중앙에 복숭아꽃 한 송이가 피었다
　　딸랑딸랑 소리가 나는 초롱꽃이 장식되어 있다
　　섬 중앙 분지에서 가장 아름다운 종이 교회당
　　아, 타오미桃米 꿈의 돛단배, 사랑의 종이배를 향해

(2013)

* 푸리(埔里) 분지지역은 푸리, 위츠(魚池), 르웨탄(日月潭) 등의 분지를
포함하여 크고 작은 십여 개의 산간 분지를 통칭하며, 타이완 중심부
에 위치한다. 1900년 일본의 인류학자 도리이 류조(鳥居龍藏)가 이곳
을 답사하여 분지의 어느 원주민 부락민은 멸종할 것이라고 개탄했
다. 그중 르웨탄에 사는 샤오족(邵族) 인구는 1955년 대만의 인류학자
천치루(陳奇祿)가 조사했을 때 이미 250명 정도로 줄어들었다. 아이
란(愛蘭) 대지의 옛 이름은 우뉴란(烏牛欄) 대지로 푸리분지 입구에
있으며, '츄안산(船山)'이라 부르기도 한다. 지형적으로 입항하는 큰
배처럼 생겨 옛날부터 부락민들이 생활하고 활동하는 장소였다. 청나
라 따오꽝(道光) 후에는 연이어서 빠쟈이족(巴宰族) 사람들이 들어와
우뉴란과 따마린(大馬璘) 부락을 만들었다. '교회 종이'는 원래 1995년
일본 한신(阪神)대지진 후 고베의 다카토리(鷹取) 지역의 종이로 지은
교회다. 2005년 해체했다가 2008년 대만의 921대지진 피해가 가장
심했던 푸리 타오미(桃米) 마을에 새로 세웠다.

〈옮긴이 주〉

* 밍탄(明潭) : 대만의 정중앙에 있는 호수. 북쪽이 달을 담고, 남쪽이
해를 닮았다고 하여 일월담(日月潭) 또는 명담(明潭)이라 불리며, '대
만의 눈'이라는 애칭을 갖고 있다.
* 도리이 류조(鳥居龍藏, 1870-1953) : 일본의 고고학자, 인류학자, 민
속학자. 대만, 요동반도와 중국의 서남부, 만주, 몽고, 조선 등 주로
동아시아 각지를 면밀하게 조사하였고, 연구보고와 사진은 현재에도
1급 자료이다. 최신 기술을 적극적으로 도입한 연구자로서, 1896년
대만 조사에서 처음으로 사진기를 사용하였고, 1904년의 오키나와 조
사에서는 축음기로 민요 등을 녹음하였다. 1896년 청일전쟁에서 얻은
일본의 새로운 식민지 대만의 인류학 조사 담당으로 파견되어 조사를
시작하였고, 특히 야미족을 공들여 관찰하였다.

장미빛 성모마리아 교회당

성

모님

당신은 높다고 말하지만

반드시 웅대할

필요는 없습니다

잠자리와 신앙은 우리의 전도를

증가시키고 초가삼간 당사가

시엔펑咸豐 연간의

가을바람에 산산이 부서져

나자스말이 하늘 가득

춤추듯 날아다니다

나비 떼로 변해

봄에 돌아옵니다

나무 한 그루가 위쪽을 돌고

시간의 쇠못이 투명하게 박히더니

몸을 뚫고 지나갑니다. 나무질의

성가는 확고한 종금鐘琴으로 입항한

바람의 손가락이 더 크게

울리고 반짝였습니다

빨간 장미, 흰 장미,
노란 장미를 당신의 주위에 배열하되 휘황찬란하게
하늘 사다리처럼
곧게 흔들리는 컬러 유리창
퍼모사 대만의 붉은 벽돌 돌멩이
서양, 동양, 푸죠福州사범대까지
삼위일체가 된 삼합토
위로는 고딕양식의 꼭대기
비련한 당신의 따스함
높다고 반드시 웅대해질 필요는 없다고 당신은 말했지요.
영원한 여성이 우리의 승천을 이끌고 있습니다

(2013)

〈저자 주〉
* 장미 성모마리아 교회당은 까오슝(高雄) 링야구(苓雅區) 우푸(五福) 3
로에 있으며, 청나라 시엔펑(咸豊) 연간에 건립된 대만 최초의 천주교
회.

한 줄기 하늘

살
빼기
위한
모래
한
알
,
한
줄기
바람
,
사람
아
,
한
가닥
희망을
따
라

'
편안히
교묘하고
뛰어나게
틈새로
들어가

'
하늘을
엿보았다

(2014)

<저자 주>
* 대만의 까오슝(高雄) 따깡산(大崗山)에는 '한 줄기 하늘'이 있다. 양쪽
  산 벽이 우뚝 솟아 있어 한 줄기 길이가 약 100m의 산골짜기를 형성
  하고 있다.

피망록被忘錄

시원한 물소리 나는 실크 이불 속에
잊혀졌던 생의 소란스러움
  *

내 몸을 덮고 있는 너의 피부는 얇아
이불보, 너 스스로 바람을 일으키는
오, 그것은 저 별들의 탄식인가, 그대 나도 파도로 만
들어라
  *

숨겨라, 우리도 우리 자신에 의해 숨겨진 둘둘 말린
이불이다
그렇다, 우리는 시간과 온도의 콘크리트로 지어진 방
공호
  *

우리는 수동적
신은 능동적

(2014)

아리아

저 매미들
이른 아침 매미 울음소리 나는 실크 이불 한 장을 주마
균등하고 얇게 천지를 뒤덮으며 다가오는
이 우주 오페라 하우스에서 여름 아르바이트 하는 임
시 배우들은
그것들의 생소함은 조금도 두려워하지 않는다
힘이 다 빠지고 목이 쉬어도 용감하게
가사도 없는 무반주에 무보수의 아리아 화음

(2014)

놘놘暖暖

치뚜七堵 빠뚜八堵에 다다른 후에
날씨가 마침내 포위를 뚫고
밖으로 나오자 따뜻해지기 시작했다
마치 이 작은 놘놘역처럼

우리는 잠시 쉬기로 하고 차에서 내렸다
작은 역의 플랫폼에 서서
이곳은 원래 펑푸平埔족의
나나那那 지역이 있던 곳이라고 내가 말했다

어느 종족이 사라진 것이지
어느 연대였는지
너는 절박한 듯 이것저것 물어왔다
난 말을 더듬거리며 너를 대했다

난 그저 지금의 날씨밖엔 몰라
아주 좋아 따뜻하잖아
그리하여 우리는 놘놘에서
마음이 밝아졌다

차가 다시 시동을 건 후에는
어느 시간에 도착하는지
어디가 우제五結, 류제六結이고
어디에 또 가슴에 맺힌 게 있는지……

(2014)

〈저자 주〉
* 놘놘(暖暖), 치뚜(七堵), 빠뚜(八堵), 우제(五結), 류제(六結)는 모두 대
  만의 지명이다.

자오시 礁溪

石石石石石石石石石石石石石石石石石石石石石石石
石 丶丶丶丶丶丶丶丶丶丶丶丶丶丶丶丶丶丶丶丶丶 石
石 丶丶丶丶丶丶丶丶丶丶丶丶丶丶丶丶丶丶丶丶丶 石
石 丶丶丶丶丶丶丶丶丶丶丶丶丶丶丶丶丶丶丶丶丶 石
石 丶丶丶丶丶丶丶丶丶丶丶丶丶丶丶丶丶丶丶丶丶 石
石 丶丶丶丶丶丶丶丶丶丶丶丶丶丶丶丶丶丶丶丶丶 石
石 丶丶丶丶丶丶丶丶丶丶丶丶丶丶丶丶丶丶丶丶丶 石
石 丶丶丶丶丶丶丶丶丶丶丶丶丶丶丶丶丶丶丶丶丶 石
石 丶丶丶丶丶丶丶丶丶丶丶丶丶丶丶丶丶丶丶丶丶 石
石 丶丶丶丶丶丶丶丶丶丶丶丶丶丶丶丶丶丶丶丶丶 石
石 丶丶丶丶丶丶丶丶丶丶丶丶丶丶丶丶丶丶丶丶丶 石
石 丶丶丶丶丶丶丶丶丶丶丶丶丶丶丶丶丶丶丶丶丶 石
石 丶丶丶丶丶丶丶丶丶丶丶丶丶丶丶丶丶丶丶丶丶 石
石 丶丶丶丶丶丶丶丶丶丶丶丶丶丶丶丶丶丶丶丶丶 石
石 丶丶丶丶丶丶丶丶丶丶丶丶丶丶丶丶丶丶丶丶丶 石
石 丶丶丶丶丶丶丶丶丶丶丶丶丶丶丶丶丶丶丶丶丶 石
石 丶丶丶丶丶丶丶丶丶丶丶丶丶丶丶丶丶丶丶丶丶 石
石 丶丶丶丶丶丶丶丶丶丶丶丶丶丶丶丶丶丶丶丶丶 石
石 丶丶丶丶丶丶丶丶丶丶丶丶丶丶丶丶丶丶丶丶丶 石
石 丶丶丶丶丶丶丶丶丶丶丶丶丶丶丶丶丶丶丶丶丶 石
石 丶丶丶丶丶丶丶丶丶丶丶丶丶丶丶丶丶丶丶丶丶 石
石 丶丶丶丶丶丶丶丶丶丶丶丶丶丶丶丶丶丶丶丶丶 石
石石石石石石石石石石石石石石石石石石石石石石石

(2014)

<저자 주>
* 자오시(礁溪) : 대만의 이란(宜蘭)에 위치한 온천관광지.

<옮긴이 주>
* 石 : 이 시의 한자는 돌 석(石)자.

보통의 향수鄕愁

타이베이台北

쏭산松山

치뚜七堵

빠뚜八堵

놘놘暖暖

쓰자오팅四腳亭

뤠이팡瑞芳

호우동猴硐

싼댜오링三貂嶺

무딴牡丹

솽시雙溪

공랴오貢寮

푸룽福隆

스청石城

따리大里

따시大溪

궤이산龜山

와이아오外澳

토우청頭城

딩푸頂埔

자오시礁溪

쓰청四城

이란宜蘭

얼제二結

중리中里

뤄동羅東

동산冬山

신마新馬

쑤아오신 역蘇澳新站

융러永樂

동아오東澳

난아오南澳

우타武塔

한본漢本

허핑和平

허런和仁

총더崇德

신청新城

징메이景美
베이푸北埔
화롄花蓮

(2014)

〈옮긴이 주〉
* 이 시에 들어간 단어는 모두 대만의 지명이다.

화롄花蓮

이랑以浪, 이랑以浪, 이하이以海
이헤이후호야以嘿吼嗨, 두껍고 밝은
후해와 흑조, 뒤뜰과 호우하양後海洋
흰 파도 큰 파도, 뒷물결은 뒷산 두꺼운 산 두꺼운 흙
커다란 기대와 선견지명, 멀리 바라보며
호흡으로, 웃음으로, 이랑, 샤오랑笑浪
기뻐서 우는 눈물바다, 바다의 포스터
맑은 하늘 특보, 이랑……

(2014)

〈저자 주〉
* 대만 아메이(阿美)족의 언어인 Widang(친구)를 어떤 이들은 음역해
  서 이랑(以浪)이라고 한다. 아메이족 사람들은 가무를 할 때 종종 박
  자를 맞추는 허사(虛詞)로 "에헤호야" "호우하양"이라는 소리를 내곤
  한다.

자습 시간

자기 일이나 하시지그래
시끄럽게 남을 방해하지 마

시끄럽게 하지 마
한여름 청각의 커튼을 짜도록 도와주는 폭포를

시끄럽게 하지 마
오후 물가에서 밀회를 즐기는 두 마리 잠자리를

시끄럽게 하지 마
평영을 접영으로 바꾸려 고심 중인 개구리를

시끄럽게 하지 마
조용히 자습 능력 검정 시험을 준비하는 자전거를

편입 시험 준비하는 기러기의 비행을
월반해서 선학禪學 대학원 입학을 준비하는 매미와 파
초를

자신의 하이카이俳諧* 쓰는 방식이나 연구하시지그래
시끄럽게 하지 마 저녁 바람을

(2015)

〈옮긴이 주〉

* 하이카이(俳諧) : 하이카이 렌카(俳諧 連歌)의 준말. 일본에서 고대로
  부터 일본의 전통 시였던 와카(和歌)가 중세에 들어와 유희적이고 골
  계성이 가미된 하이카이로 변형되어 유행했고, 이후 하이카이는 하이
  쿠(俳句)로 정착된다.

스케이트 수업

가을의 달빛이
봄의 달빛처럼
신고 있는 것은 달빛 표
스케이트화

오늘 밤 나는 그것에 감사한다
사랑하는 사람을 팽개치고 멀리 떠나온 지 여러 해
맞은편 미스 리李의 창문턱과
이웃한 골목길 몇몇 집을 무시한 채
연못의 잔잔한 물결과 웃음소리는
내 마음을
스케이트장으로 여기는 것 같다

그곳이 얼마나 광활한지
알고 다니는 길마다
밟히고 들러붙는 슬픔을 수용하기에 충분하다
유유자적 우주의 먼지를 휘젓고 다닐 수 있게도 한다
다른 색깔, 다른 온도의
신발 끈으로 갈아 끼고, 하나씩 물리치며 다가가

도전한 역대의 꽃 모양, 나비 모양
송별식, 알리지 않는 이별식
우승이다

"아아, 우주컵 우승이로군!"
"작은 소리로 말해!" 그것이 말했다
"작은 우주잖아……"

(2017)

대만 모더니즘 시를 완성한 천재시인
천리陳黎

한 성 례

1. 언어의 숲을 여행하는 시인

천리의 시는 언어와 언어 사이 혹은 수많은 언어의 소용돌이 속에서 태어난다. 언어의 숲을 여행하는 언어의 방랑자라 해도 과언이 아니다. 대만 역사를 살펴보면 천리 시가 가진 언어의 다양성을 짐작케 한다.

대만(타이완)이 직접적인 중국 본토의 영향을 받기 시작한 것은 명대明代부터였다. 해상무역과 해적활동을 하는 한족의 정착이 늘어났고, 동방무역에 나선 서구의 열강도 관심을 갖기 시작했으나, 당시에는 원주민과 한족, 일본에서 건너온 사람들이 각자의 마을을 형성하고 살았으며 대만을 통치하는 기구나 세력은 없었다.

그러던 것이 1590년 동방무역을 위해 포르투갈인들이 이곳 해역으로 진출하였고, 대만을 '아름다운 섬'이라는 뜻의 '포르모사Formosa'라는 이름으로 불렀다. 이어서 네덜란드가 앞서 정착한 한족을 누르고 대만 남부에 무역기지를 건설하여 정착했다. 대만이 중국과 일본의 중계무역 거점으로 가치가 높아지자 에스파냐도 1626년 대만에 진출하였다. 네덜란드는 1642년에 에스파냐를 대만에서 몰아내고 지배권을 잡았다.

1661년 명나라가 청에 패하자 명나라 유신 정성공鄭成功이 부하를 이끌고 타이난臺南에 상륙하여 네덜란드인을 항복시키고 대만을 항청복명抗淸復明의 기지로 삼았다. 이후 어느 정도 독립된 국가로서 체제와 위상을 갖추고 중국 대륙 진출을 시도하지만 결국 실패하여 1684년 청은 대만을 푸젠성福建省에 예속시킨다.

청나라는 1884년 프랑스와 청불전쟁이 일어나자 열강의 침략을 막기 위해 이듬해 대만을 하나의 성省으로 격상시키고 순무巡撫를 파견한다. 그러나 청일전쟁에서 청나라가 일본에 패하면서 1895년 시모노세키조약으로 대만을 일본에 할양했고 1945년 일본이 패망할 때까지 일본의 식민지 지배를 받는다. 1945년 중국으로 반환되었으나 새로 이주해온 외성인外省人과 원주민인 본성인本省人 사이의 갈등이 촉발되어 1947년에는 '2·28 사건'이 벌어지기도 했다. 1949년에는 중국공산당과 내전에서 패한 국민당의 장제스蔣介石 정권이 난징南京에 있던 중화민국 정부를 대만의 타이베이臺北 시로 옮겨온 후로 오늘날까지 대륙의 중화인민공화국과 구분되는 독자적인 정치

체제를 유지하고 있다.

이처럼 다난한 역사적 특성과 사회 현상이 얽혀 있어, 대만어, 중국어, 일본어, 객가어客家語(중국의 광둥廣東, 광시廣西, 푸젠福建, 장시江西 등의 지역에서 사용하는 방언), 여러 원주민의 언어 등, 언어의 다양성은 천리 시의 레토릭(수사학)과 어휘 사용에 많은 영향을 미쳤다.

천리는 전후에 대만 동부의 작은 도시 화롄花蓮에서 태어나 그곳에서 자랐다. 그의 부모는 일본통치 시대 대만에서 성장했다. 천리는 유년기와 청소년기 학교에서는 중국어(북경어)로 말하고, 집에서는 대만어閩南語[민남어]로 말하고, 부모님끼리는 종종 일본어를 사용했다. 그의 어머니는 객가인이어서 근처에 사는 친척들과는 객가어로 말했다. 그는 타이베이에서 대학을 졸업한 후 고향으로 돌아와 중학교 영어교사가 되었는데, 한 클래스에 40명 남짓한 학생들 중 두세 명은 원주민(주로 아미족과 다이얄족)이었고, 그들도 학교에서는 다른 학생들과 똑같이 중국어로 말했다.

타이베이에서 사범대학 영문학과에 다닐 때는 원문이나 번역서를 통해 많은 외국 시인의 작품을 읽었다. 예이츠, 엘리엇, 릴케, 보들레르, 랭보…… 그리고 일본의 몇몇 하이쿠와 단카 시인의 시도 접했다.

대학 졸업 후에는 해외 여러 나라 시인들의 영문시의 대만어 번역을 통해 번역에서도 많은 영향을 받았는데, 그 중 파블로 네루다의 시가 강렬하게 다가왔다고 한다.

대학에서 스페인어를 제2외국어로 배우면서부터 라틴아메리카 문학에도 흥미를 가져, 10여 년에 걸쳐 29인의 시 200여 편이 실린 『라틴아메리카 현대시선』을 번역, 출간하기도 했다.

이처럼 그는 항상 다양한 언어의 숲에 둘러싸여 살아왔고, 하나의 모국어를 시의 모체로 삼는 다른 나라의 시인들과는 달리, 시 속에 여러 언어가 살아 숨 쉰다.

2. 대만 모더니즘, 포스트모더니즘 시를 완성한 천재시인

대만 시인 위광중余光中(1928-2017)은 천리의 시를 "영미문학뿐 아니라 라틴아메리카의 문학에도 조예가 깊어 서양의 시 예술을 구사해서 대만이라는 주제를 처리하는 데 뛰어나며, 거칠면서도 섬세함이 있고 단단하면서도 부드러움을 겸비한 품격을 지녔다"라고 극찬했다.

천리는 고등학교 때부터 클래식 음악을 좋아하여 벨러 버르토크, 드뷔시, 안톤 웨베른, 레오시 야나체크, 올리비에 메시앙, 루차노 베리오 등을 즐겨 들었고, 음악에서 시적 영감을 얻기도 했다. 대학 때는 큐비즘(입체주의), 쉬르리얼리즘, 표현주의, 추상표현주의 등의 여러 화가, 예를 들면 피카소, 조르주 블라크, 실바도로 달리, 르네 마그리트, 제임스 앙소르, 오스카 코코슈카 같은 화가의 작품에 매료되어, 그들에게서 미학적인 영향을 받았다. 대학교 때 우연히 도서관 직원이 준 낡은『시카고 리뷰』(1969년 9월에 출간된 형상시 특집)를 접하고서 강렬한 인상을 받았으며, 이때의 영향으로 후에 형상시를 썼다.

이처럼 천리는 모더니즘, 포스트모더니즘, 쉬르리얼리즘 등의 서양 시에서 영향을 받아 1970년대 초부터 시 창작을 시작했으며, 1980년대에는 사회적, 정치적 테마가 농후한 작품으로 변모한다. 1990년대부터는 주제도 스타일도 다양화하여 중국 본토 문화에 대한 관심과 함께 언어, 표현 방식 등 실험적인 작품에 의한 새로운 대만 의식의 창출을 시도했다. 서양 문학의 이식이 주를 이뤘던 근대기의 대만 시인들에 비해 전후에 태어난 이들 세대는 서양과 동양(일본) 양쪽을 수용하여 중국 시의 전통을 살린 대만 문학의 재정의를 행했는데 그 중심에 천리가 있다. 그는 하이쿠나 단카 등 일본의 전통 시를 탐색하여 정형시 형태의 시를 쓰기도 했다.

1980년대 이후로 학술계에서 크게 관심을 모았던 기호, 문화인류학, 언어학, 탈중심, 가상문화, 서브컬처, 상위 하위문화 시스템의 교류, 혹은 그 경계의 소실, 그 밖에도 구조주의에서 발전한 용어가 문학 텍스트로 사용되었다. 이러한 흐름이 문학에서 어느 정도의 효용성과 가치가 있는지는 별도로 하고, 원래 건축양식에서 생겨난 모더니즘 혹은 1980년대에 활발했던 포스트모더니즘이라는 용어가 이 시인의 시를 정의하는 데 어느 정도 합당하다. 그 속에는 포멀리즘이라든가 표현주의도 포함된다.

그렇긴 하지만 천리의 시는 하나로 묶을 수 없는 다양한 세계를 품고 있다. 허구 속의 진실이라고 할까 연호連呼하는 언어의 혼이라고 할까, 깊이 잠재한 그의 시적 다양성은 다원성 속에 통일된 의식으로 흐르고 있다.

작품 속에는 대비적 배열이나 열거가 회화처럼 펼쳐져 있고, 대만의 역사와 문화 공간이 삽입되기도 하고 산 이름만을 열거하거나 고유명사로만 쓴 시도 있다. 종종 인물, 풍경, 의인화된 사물, 각종 형상, 연상 어휘로 독자를 신과의 대화로 이끌거나 감성을 해방시켜 상상과 현실의 공간을 자유로이 오가게 하고, 열거의 효과에 의해 다양한 소재를 회상하고 추상하고 표출하게 만든다. 또한 비현실적 허구 세계로 독자를 데려가, 독자를 놀라게 하고 새로운 감성의 해방을 맛보게 한다. 그야말로 미적이며 마술적인 세계를 펼쳐 보인다.

천리가 구축하는 시적 환상은 시간, 공간을 뛰어넘어 다층적으로 펼쳐진다. 그에 접한 독자는 그 레토릭과 리듬에 빠져들고 텍스트 내의 가상현실 속에 빨려 들어간다. 그 언어 속에 들어 있는 암시력, 최면 기능이라 할 수 있는 강력한 마력에 의해 허구세계가 현실감으로 다가오는 것이다. 이는 읽는 사람의 일상세계와 환상세계 사이의 틈을 없애주는 기술이다. 꿈속에 나오는 죽은 가족이나 친구 등 가까운 사람의 모습도 마찬가지다. 죽은 사람임을 의식하면서 그들과 대화하는 불가사의한 꿈 속 세계는 인간의 심적 구조가 다층적으로 차곡차곡 넣을 수 있는 러시아 인형 마트료시카와 비슷한 구조임을 말해준다. 천리 시에는 이와 같이 시간을 초월한 다층적인 목소리가 나타나고 교차하고 대립한다.

언어의 마술사 천리는 시속에 여러 장치를 사용한다. 그것들은 활성화되어 점차 역동감이 증가해간다. 이를 테면 시인과 독자와의 공동제작인 셈이다. 그럴 경우 다종다양한 해석이 가능하므로 독자는 각각 다른 공감을 갖게 되고 각각 다른 상상 공간을 만들 수 있다.

또한 초현실주의 회화처럼 허구와 모순이 혼재하고 이미지가 교차한다. 허구 속에 진실이 표출되어 현실과 허구의 간극을 뛰어넘을 수 있다. 시인이 실제로 체험을 했는지 아닌지는 중요하지 않다. 그 행위의 필연성이 허구세계 속에서 개연성을 갖는지 아닌지가 중요하다. 그 소리 없는 소리를 전하는 일이 시인의 몫이며, 독자를 인간의 원초적인 본질로 이끄는 것이 언어 예술이다. 그런 의미에서 시공을 뛰어넘어 근원적인 생의 원천을 공동체 속에서 개척하려는 힘이 천리 시가 가진 특징 중 하나이다.

중심과 주변의 경계가 사라지고 규범성과 통일성이 붕괴되는 지금 세상은 초월적인 신이나 동경하는 낙원은 사라졌다. 그런 중에 천리 시는 모든 것이 분열하고 붕

괴한 '황무지'에서 새로운 재생을 찾는 전환기의 여명과 같은 시다. 그리하여 신화 혹은 죽음과 재생 등 열거列擧와 연호連呼에 의해 고차원적인 무대가 등장하고 축제 같은 분위기가 연출된다.

3. 고향 화롄을 사랑하는 열정적인 시인

천리 시인을 처음 만난 것은 2009년 중국 베이징에서 열린 '베이징 아시아 시 축제'에서였다. 2016년 중국 후베이성湖北省 우한武漢에서 열린 '우한 시 축제'에서 그를 다시 만났다. 그 인연으로 2017년에는 대만 화롄花蓮에서 열리는 '퍼시픽 포에트리 페스티벌太平洋詩歌節'에 초대받아 그의 시를 좀 더 깊이 접할 수 있는 기회가 생겼다. 또한 이 시인을 통해 대만 현대시의 궤적을 관심 있게 살펴보는 시간이기도 했다. '우한 시 축제'에는 중국의 세계적인 망명시인 베이다오北島 시인도 참석했는데 그 둘의 대화에서 천리 시인이 중화권에 널리 알려진 고귀한 시인이라는 것을 알게 되었다.

천리는 자신의 고향인 화롄을 진정으로 사랑하는 시인이다. 그는 2006년도부터 매년 화롄에서 열리는 '퍼시픽 포에트리 페스티벌'의 총괄책임자로서 행사를 이끌어오고 있다. 이 시 축제는 대만의 대표적인 국제 시문학 축제 중 하나로, 세계의 시인들을 초청하여 아름다운 화롄에서 도시 전체의 행사로서 펼쳐진다.

그는 화롄의 역사와 설화, 원주민들의 언어와 풍습까지도 소중히 시나 산문에 담는다. 산문 「보이스 크로크」(1989), 「보들레르 거리」(1990), 「상상의 화롄」(2006) 등에는 화롄의 지명, 인명, 가게 이름, 화롄음식 8경, 화롄 출신 예술인들과 관련된 거리명 등을 멋지게 묘사해 놓아서 옛날 영화를 보는 것처럼 향수에 빠져들게 한다.

천리 시인을 생각하면 가장 먼저, 동안의 소년 같은 얼굴이 떠오르지만, 그와는 상반되게 열정적으로 시를 논하는 강렬한 모습이 겹쳐진다. 꼭 시의 화신이 강림한 것 같다. 그리고 중국에서든 대만에서든 항상 발가락이 드러난 슬리퍼를 신고 있었는데 그 모습이 매우 인상적이었다. 사시사철 슬리퍼를 신고 있어서 정장 차림으로 들어가야 하는 극장에서는 입장을 거부당한 적이 있을 정도로 그의 슬리퍼 애용은 특별한 듯하다.

이번에 천리 시를 번역하신 대만 슈핑 과기대학교의 김상호 교수님은 시인 김광림 선생님의 자제분으로 대만문학자이며 일제강점기 대만에서 독립운동을 하다 순국한 조명하 의사를 연구하는 학자이기도 하다. 그동안 대만과 한국 간에서 많은 시집을 번역했고, 한국의 여러 시인의 시를 중국어로 번역했다. 김상호 교수님의 번역으로 천리 시인의 시가 날개를 달았다. 대만 전후세대를 대표하는 대만 최고의 시인 천리의 뛰어난 시가 한국의 독자들에게도 널리 사랑받기를 바란다.

새로움을 창조하는 대만의 음유시인

김 상 호

지난 2015년 6월 대만 타이베이에서 열린 '현대시 강연회'에서 대만시인 천리는 시인과 번역가로, 역자는 연구자와 번역가로 함께 초청돼 강연을 하게 된 것을 계기로 한 해도 거르지 않고 그와의 만남이 계속되고 있다. 특히 천리는 그의 고향이며 관광지로도 유명한 대만 동부의 아름다운 항구도시 화롄花蓮에서 화롄현縣 정부문화국이 주최하고 시인과 번역가들이 참가하는 '태평양시가절' 국제행사를 10수 년간 매해 이끌어오고 있다. 그동안 다섯 차례 역자도 이 시가절 행사에 초청을 받아 국내와 해외의 여러 시인들과 시를 논하고 시 낭송을 즐겼는데, 대만 각지의 국내 신인, 중견, 원로시인과 미주와 유럽, 한국, 일본, 중국, 홍콩, 싱가포르, 베트남, 태국시인 등 세계 각국의 많은 시인들이 이 시가절 행사에 초청을 받아 참석했고, 화렌에 사는, 시를 사랑하는 대만인들이 상당한 자부심을 갖는 연례행사로 자리매김한 국제 시 축제이다.

역자가 대만시인의 시를 번역한 시집 중 15번째인 이 시집에는 천리 시인의 초기 작품인 1974년부터 2017년 최근까지의 작품을 시인 본인이 직접 선정한 작품으로 꾸몄다.

사람들은 대만의 자연이 형형색색의 색깔이라고들 하지만 천리 시인은 기차를 타고 대만을 한 바퀴 돌아보면 이 대만 섬은 동서남북이 전체적으로 같은 색조를 띄고 있고, 산과 바다도 그러하며, 같은 정서, 즉 어디서나 맛있는 음식과 놀이문화가 있고, 같은 눈물과 웃음이 있음을 시에 표현했다. 그럼에도 미묘하게 변화한 섬의 각기 다른 시대의 심정을 시인은 노래한다.

천리 시인은 가장 새로움을 창조하며 놀람과 기쁨을 주는 중견시인이라고 중화권 시단에 널리 알려져 있다. 대만 최고의 음유시인인 그는 탈바꿈하는 대만 역사의 변천을 노래하고, 왕성한 실험정신을 펼쳐왔다.

어감 폭이 넓은 천리의 시 세계는 문언과 설화, 고전과 현대, 서정과 사실, 풍성함과 함축, 화려와 통속을 넘나든다. 서양의 시 예술을 바탕으로 섬나라 대만이란 주제를 독특하게 표현한 이 시집은 독자를 시인이 창조한 언어의 매력에 빠져들게 한다.

이 시집이 나오기까지 흔쾌히 출판을 수락해주신 황금

알출판사 김영탁 시인과 천리 시인의 시를 귀히 여겨 한
국 독자들에게 알리고자 애써준 한성례 시인께 이 자리
를 빌어 감사드린다.

천리(陳黎)

본명 천잉원(陳膺文). 1954년 대만 화롄(花蓮) 출생. 국립대만사범대학교 영문과 졸업. 1970년대부터 모더니즘에서 영향을 받아 시를 쓰기 시작하여, 1980년대에는 사회성, 정치성 짙은 작품이 많고, 1990년대부터는 여러 장르로 영역을 넓혀 언어와 형식의 실험을 계속해오고 있으며, 중국 문화의 관심과 함께 새로운 대만 의식과 정체성을 구축해오고 있다. 서양의 모더니즘, 포스트모더니즘의 요소 및 동양 시와 중국 언어의 특질을 절묘하게 결합하여 '오늘날 중국어 시단에서 가장 창의적인 시를 써서 놀라움과 기쁨을 주는 시인'으로서 중화권에 널리 알려진 시인이다.

저서로는『폭우』『가정의 여행』『거울의 고양이』『고뇌와 자유의 평균율』등 10여 권의 시집과 산문집, 음악평론집 등 20여 종이 저서가 있고, 영어, 프랑스어, 네덜란드어, 일본어 등 해외의 여러 나라에서 시집이 번역 출간되었다. 또한 아내 장펀링(張芬齡)과 함께 해외의 많은 시인들의 작품을 대만에 번역 소개하고 있으며, 칠레의 파블로 네루다(Pablo Neruda), 멕시코의 옥타비오 파스(Octavio Paz), 아일랜드의 셰이머스 시니(Seamus Heaney), 폴란드의 비슬라바 쉼보르스카(Wislawa), 미국의 실비아 플라스(Sylvia Plath), 조선시인 황진이, 일본시인 요사노 아키코(謝野晶子) 등의 시집과『라틴아메리카 현대시선』『세계 사랑시 명시 100선』『당대 세계시초』, 단테의『신곡』등 20여 권을 번역했다.

대만 국가문예상, 우싼롄(吳三連)문예상, 시사문학상 서사시 부문 대상, 현대시 대상, 연합보 문학상 현대시 대상, 대만문학상 현대시 금전상, 양스츄(梁實秋)문학상 번역상 등을 수상했다. 1999년 로테르담 국제시제, 2004년 파리 도서전 중국 문학 테마전, 2012년 런던 올림픽 시제(Poetry Parnassus)에 대만 대표로 초청받았고, 2014년에는 미국 아이오와대 국제창작프로그램(IWP)에 참가하는 등 해외에서도 활발하게 활동하고 있다. 2005년에는 '대만

당대 10대 시인'으로 선정되었다. 고등학교 영어교사를 역임하였고, 현재 국립동화(東華)대학교에서 문학창작을 강의하고 있으며, 대만의 대표적인 국제 시 축제 중 하나로 2006년부터 매년 화롄에서 열리는 '퍼시픽 포에트리 페스티벌(太平洋詩歌節)'의 총기획자이자 운영책임자로서 이 행사를 이끌고 있다.

옮긴이 김상호(金尙浩)

1961년 서울 출생. 대만 국립중산(中山)대학교 중국문학대학원 박사 졸업. 전문분야는 중국현대문학, 대만문학, 비교문학, 문학평론, 한중통번역. 현재 대만 슈핑(修平) 과기대학교 교양학부 중문영역 교수. 학술지 『동아인문학』『중국학논총』 편집위원, 『대만현대시』 편집고문, 『아시아문예』 편집위원, 동아인문학회 부회장 등. 동아인문학회 모산학술상(한국), 걸출연구 성취상(중국), 중화민국 사립교육사업협회 모범 교사상(대만), 우수연구 논문상(미국) 수상.

저서로는 『쉬즈모(徐志摩) 시 연구』『중국 조기(早期) 삼대 신시인 연구』『전후 대만현대시 연구논집』이 있고, 학술 논문으로는 「라이허(賴和)와 조선 '시승(詩僧)' 한용운 민족의식 현대시 비교연구」「존재적 사유, 고통의 기탁 : 논 보양(柏楊)의 감옥시」 등 30여 편. 번역서로는 『반도의 아픔 : 김광림시집』『한국원로시인 문덕수시집』(이상 중역)과 『파파야 꽃이 피었다 : 천첸우(陳千武)시집』『대만을 위한 기도 : 쟈오톈이(趙天儀)시집』『삼중주 : 정쫑밍(鄭炯明)시집』『아! 중국이여! 대만이여! : 위광중(余光中)시집』『해안에 부딪치는 천 번의 파도 : 모위(莫渝)시집』『자백서 : 리민용(李敏勇)시집』『흩어진 낙엽 : 바이츄(白萩)시집』『노스탤지어 : 뚜궈칭(杜國淸)시집』『대만현대소설선』『예스타오(葉石濤) 저 : 대만문학사』『펑레이진(彭瑞金) 저: 대만신문학운동 40년』(이상 한역) 등 다수.